Siegfried Samosch

Machiavelli als Komödiendichter, und italienische Profile

Siegfried Samosch

Machiavelli als Komödiendichter, und italienische Profile

ISBN/EAN: 9783743310209

Hergestellt in Europa, USA, Kanada, Australien, Japan

Cover: Foto ©Andreas Hilbeck / pixelio.de

Manufactured and distributed by brebook publishing software
(www.brebook.com)

Siegfried Samosch

Machiavelli als Komödiendichter, und italienische Profile

Machiavelli

als Komödiendichter

und

Italienische Profile.

Von

Siegfried Sam

Minden i. W.

J. C. C. Bruns' Verlag.

1887.

Einige Urtheile der Presse.

... Das vorliegende Buch enthält die litterarischen Portraits von Pietro Aretino, Carlo Goldoni, Vittorio Alfieri, Pietro Cossa und Giosuè Carducci vortrefflich gezeichnet und in ihrem geistigen Ausdrucke von einer Lebens= wahrheit, wie sie nur liebe= und verständnißvollstes Ver= senken in ihre Eigenart erzielen kann. Samosch erweist sich auch hier als ebenso scharfsinniger Kritiker, wie sein empfin= dender Interpret poetischer Schöpfungen und versteht es auf's Glücklichste herauszuarbeiten, wie in den Werken der behandelten Autoren neben den Eigenthümlichkeiten der dichterischen Individualität die charakteristischen Züge des italienischen Geistes zu Tage treten. Indem er aus den verschiedenen Perioden der modernen italienischen Litteratur die markantesten Erscheinungen heraushebt und sie in ihrem Einflusse auf die Gesellschaft und die Geistesrichtung ihrer Zeit, wie in ihrer Beeinflussung durch dieselbe scharf und erschöpfend schildert, bietet er uns ein Bild der Entwicklung des italienischen Geistes in seinen hervorragendsten Gipfel= punkten. Sein Buch ist ein schätzenswerther Beitrag zur Kulturgeschichte Italiens, soweit sich dieselbe in den Werken der Dichter wiederspiegelt. **Deutsche Revue 1881, IX.**

A. L. Mit der warmen Hingebung, die dem deutschen Kenner des Italienischen eigenthümlich ist, hat Siegfried Samosch einige Monographien geschrieben, die unter dem Titel „Pietro Aretino und Italienische Charakterköpfe" (Berlin, B. Behr) erschienen sind. Aretino ist nicht etwa, um nach französischer Unsitte dem Werke eine pikante Flagge zu geben, von den „Charakterköpfen" abgesondert und ihnen vorangestellt worden. In scharfem Gegensatze steht sein Porträt zu den ernsten, oft heroischen Bildern, die Samosch von den großen Todten Goldoni und Alfieri, den interes= santen Lebenden Cossa und Carducci entwirft. Ein weiter Fortschritt von dem leichtlebigen Freunde Tizian's, dem egoistischen Sohne der Cortigiana, dem gesinnungslosen Lieblinge der Edelsten seiner Zeit, dem genialen Geißler römischer Laster, denen er selber in Venedig huldigt, bis zum leidenschaftlich = ernsten Carducci, dem gemüthstiefen Satiriker, ein weiter Fortschritt, nicht in Bezug auf das

Talent, aber auf die Größe des Strebens. Der Faden, der sich durch die anscheinend absichtslos nebeneinander gestellten sechs Kunstwerke von Monographien schlingt, ist das Lieblingsthema des deutschen Italienkenners, das vom sittlichen Wiedererwachen der erstarkten Nation.

Deutsches Montagsblatt, 9. Mai 1881.

Die „Gegenwart" ließ auf die Besprechung eines anderen Werkes die nachstehende folgen: „Schon weniger buntscheckig ist Siegfried Samosch's Sammlung, deren Inhalt durch den Titel „Pietro Aretino und Italienische Charakterköpfe hinreichend gekennzeichnet wird (Berlin, B. Behr's Buchhandlung). Außer dem berühmten Aretino, welcher, dem großen Zuge der Neuzeit breitspurig vorangehend, so viele Eigenschaften derselben zum seltsamsten Zerrbilde vereinigt, sind von den Aelteren Goldoni, Alfieri, von den Allerneuesten Cossa und Carducci behandelt. Diese Studien reihen sich denen über die Satiriker Frankreich's und Italien's, die im vorigen Jahre so vielen Beifall gefunden, glücklich an. Samosch beherrscht seinen Stoff und weiß das viele Interessante, was darin liegt, richtig hervorzuheben. Man kennt in Deutschland, trotzdem daß die italienische Sprache verhältnißmäßig häufig verstanden wird und trotzdem von den Werken der italienischen Litteratur eine Reihe geradezu vollendeter Uebersetzungen vorhanden sind, dieselbe zu wenig. Vor Allem die ältere, die von so gesunder Kraft und Freude schwillt, verdiente mehr Liebe. Hoffentlich, daß Samosch's Buch recht Vielen zur Anregung dient, sich selbst darum zu bekümmern. Wer das nicht mag, kann sich wenigstens einige Hände voll gesellschaftlicher Scheidemünze daraus zusammenlesen. Das Buch ist so hübsch geschrieben, daß ihm die Anstrengung nicht allzuschwer fallen wird. — Der Aretin übrigens sowohl, als die Studienblätter sind sehr gediegen und gefällig ausgestattet.

Gegenwart, 13. August 1881.

1*

Siegfried Samosch. „Pietro Aretino und Italienische Charakterköpfe." Der Verfasser ist uns bereits aus einem vor etwa drei Jahren erschienenen Buche bekannt, in welchem er uns eine Reihe der hervorragendsten französischen und italienischen Satiriker vorführte. Dieselben trefflichen Eigenschaften, welche, als die frühere Arbeit kennzeichnend, damals an dieser Stelle hervorgehoben wurde, sind der neuen Arbeit nachzurühmen: Beherrschung des Stoffes, Eindringen in seine Tiefe, sorgfältige Darstellung, klare, prätentionslose Sprache. Nord und Süd, Juni-Heft 1881.

Von Siegfried Samosch, dessen vortreffliche Schrift über „Italienische und französische Satiriker" ihn als einen eben so kenntnißreichen, wie geschmackvollen Kritiker bekundete, liegt eine neue Arbeit vor, die wir mit gleichem Lobe begrüßen dürfen: „Pietro Aretino und Italienische Charakterköpfe." Berlin, B. Behr's Buchhandlung (E. Bock) 1881. Das Buch, dessen Inhalt der Verfasser überall aus den Quellen geschöpft hat, ist eine werthvolle Bereicherung der betreffenden, theilweis noch so wenig oder doch nur oberflächlich bekannten Litteratur. Es enthält außer Aretino ausführliche Charakteristiken von Goldoni, Alfieri, Pietro Cossa, Giosuè Carducci. Dramatischen Dichtern möchten wir die Schrift insbesondere empfohlen haben.
Vossische Zeitung, 29. Mai 1881.

Am Schluß einer längeren Besprechung in Nr. 44 von 1881 des „Magazin für die Litteratur des In- und Auslandes" sagt Paul Schönfeld: „Ich will nicht schließen ohne die Versicherung, daß mir die Lektüre von Samosch's Büchlein von der ersten bis zur letzten Seite eine in hohem Grade genußreiche gewesen. Man hat durchgängig das angenehme Gefühl, daß der Autor mit dem, was er sagt, sich nicht verausgabt hat, daß er vielmehr noch gar manches sagen könnte, wenn er wollte, da unverkennbar ebenso gründliches, wie liebevolles Studium die solide Basis seiner geschmackvollen, abgerundeten Darstellungen bildet."

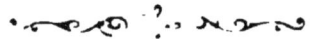

Machiavelli als Komödiendichter

und

Italienische Profile.

Machiavelli
als
Komödiendichter.
Pietro Metastasio.
Ugo Foscolo.
G. B. Niccolini.
Emilio Praga.
Giovanni Verga.
Lorenzo Stecchetti.

Machiavelli

als Komödiendichter

und

Italienische Profile.

———— ✳ ————

Von

Siegfried Samosch.

Minden i. Westf.

J. C. C. Bruns' Verlag

1883.

Ergebenheit

von

Berlin d. 5. Mai 1885.   *Verfasser.*

Salvatore Farina

in

freundschaftlicher Ergebenheit

gewidmet

vom

Verfasser.

Einleitung.

Die in den letzten Jahrzehnten versuchten „Ret-
tungen" mehr oder minder anrüchiger Persönlichkeiten der Geschichte sind in unseren Tagen
aus der Mode gekommen; widerstrebt es doch dem
natürlichen Gefühle, Caesaren des alten Roms, die
von den Schriftstellern ihrer Zeit mit Recht gebrandmarkt wurden, plötzlich mit allerlei Tugenden ausgestattet zu sehen. Wohl aber empfiehlt es sich,
hier und da die Akten der Litteraturgeschichte zu
revidiren, insbesondere, wenn die Urtheile über hervorragende Erscheinungen derselben früher schon
auseinandergingen, und die jüngsten Quellenfor-
schungen neues Licht über jene verbreiten. Dies
gilt unter anderem von Pietro Aretino, der trotz
zahlreichen ihm anhaftenden Fehlern einen bedeut-
samen Einfluß auf die Entwickelung der italienischen
Litteratur ausgeübt hat. Es sei mir gestattet, in
dieser Hinsicht auf meine frühere Schrift: „Pietro

Aretino und Italienische Charakterköpfe" (Berlin,
1881) hinzuweisen, zumal da vor einiger Zeit der
Italiener Giorgio Sinigaglia in seinem Werke:
„Saggio di uno studio su Pietro Aretino" (Roma,
1882) zu ähnlichen Ergebnissen gelangt ist.

In noch höherem Maße als der Dichter der
„Cortigiana", der von seinen Zeitgenossen den Bei-
namen „Geißel der Fürsten" erhielt, mußte Niccolò
Machiavelli unter den Vorurtheilen leiden, die durch
sein epochemachendes Werk: „Il Principe" hervor-
gerufen wurden und stets neue Anhänger fanden,
bis Pasquale Villari die hauptsächlichen gegen den
Florentiner Staatsmann und Schriftsteller erhobenen
Anschuldigungen Punkt für Punkt entkräftete. Freilich hatte bereits Giosuè Carducci die Bedeutung
Machiavelli's für die italienische Nation hervorgehoben, indem er ihn unmittelbar neben Dante
Alighieri stellte. Daß der Verfasser des „Principe"
zugleich dem italienischen Lustspiele neue Bahnen
wies, ist eine Thatsache, welche für die geistige Uni-
versalität dieses Charakterkopfes vollgültiges Zeugniß ablegt. Wollte man allerdings an die Komödien
Machiavelli's den Maßstab der Moral anlegen, so
würde man sie unter einem falschen Gesichtspunkte
betrachten. Grillparzer, der nicht blos als Theater-
dichter, sondern auch als Aesthetiker noch lange nicht
seiner hohen Bedeutung gemäß geschätzt wird, führt
in seinen „Aesthetischen Studien" treffend aus: „Die
sogenannte moralische Ansicht ist der größte Feind
der wahren Kunst, da einer der Hauptvorzüge dieser

letzteren gerade darin besteht, daß man durch ihr
Medium auch jene Seiten der menschlichen Natur
genießen kann, welche das Moralgesetz mit Recht
aus dem wirklichen Leben entfernt hält." Erscheint
diese Auffassung nun für unsere Zeit geboten, so
wäre es unbillig, wollte man die kraftvollen Persönlichkeiten der italienischen Renaissance strenger
beurtheilen.

Die Wahrheit der dargestellten Empfindungen
erweist sich in der Kunst wirksamer, als konventio-
nelle Moral; auch Pietro Metastasio bekundet
in seinen Bühnenwerken seinen Dichterberuf dann
am deutlichsten, wenn er seine Figuren rein mensch-
lich fühlen läßt und diesen Gefühlen künstlerischen
Ausdruck verleiht. Das hohe Ziel Machiavelli's,
rastlos für die Einheit und Unabhängigkeit Italiens
zu wirken, wurde aber von Ugo Foscolo und G. B.
Niccolini besser gewürdigt, als von Metastasio.
Der Verfasser der „Ortis-Briefe", der Dichter des
„Arnaldo da Brescia", die unter den „Italienischen
Profilen" ihren Platz finden, können in der That
für sich das Verdienst beanspruchen, in ihren Schriften
die politische Umgestaltung ihres Vaterlandes nach
Kräften vorbereitet zu haben.

Den Lyrikern Emilio Praga und Lorenzo
Stecchetti, dem Romanschriftsteller Giovanni Verga
gebührt als hervorragenden Vertretern des modernen
Realismus eine eingehende Beurtheilung. Bezeichnend ist, daß Verga neben Salvatore Farina gegenwärtig in der ersten Reihe der italienischen Erzähler

steht, obgleich die Individualität beider von Grund
aus verschieden ist, da Farina, der liebenswürdigste
unter den italienischen Novellisten, im Gegensatze
zu seinem Mitbewerber der idealistischen Welt- und
Lebensanschauung zuneigt. Ein abschließendes Urtheil kann über Verga ebensowenig gewonnen werden,
wie über Lorenzo Stecchetti; wie ausgeprägt auch
die künstlerische Eigenart des einen und des andern
Schriftstellers ist, läßt sich doch nicht vorhersehen, in
welcher Richtung sich ihre reiche Begabung noch
bethätigen wird.

Die Poesien Stecchetti's werden jenseits der
Alpen noch manchen Sturm der Entrüstung entfesseln. Freilich hat auch Niemand seinen Gegnern
den Fehdehandschuh mit so bitterem Hohne entgegen-
geschleudert, wie der Dichter der „Nova Polemica",
wenn er im „Dies irae" den eifernden „Moralisten"
zuruft:

„Vereint mit den Engeln im Paradies,
Stimmt an Triumphgesänge;
Doch Satans buntphantast'scher Pomp
Ist schöner, als euer Gepränge!"

Wollte man Stecchetti aber wegen der sinnlichen
Gluth tadeln, die uns insbesondere aus den
„Postuma" entgegenlodert, so wäre dieser Vorwurf
um so weniger gerechtfertigt, als die italienische
Poesie von Boccaccio an bis in unsere Zeit ihre
Freude am vollen Lebensgenusse nie verleugnet hat.

Inhalts-Verzeichniß.

I.

Machiavelli als Komödiendichter.

Im Museo Nazionale zu Florenz, einer der reichsten italienischen Kunstsammlungen, die insbesondere eine Fülle von Meisterwerken Michel Angelo's aufweist, findet man in einem der oberen Säle eine durch ihre Lebenswahrheit auffallende Marmorbüste Niccolò Machiavelli's. Diese fesselt uns so unmittelbar, daß selbst die benachbarte, „Leda mit dem Schwane" darstellende Gruppe unsere Aufmerksamkeit zunächst nicht abzulenken vermag, obgleich hier Michel Angelo in einer echt hellenische Lebenslust athmenden Schöpfung die bekannte Episode aus der Liebesepopöe des olympischen Zeus zur Anschauung bringt. Unwillkürlich vergleicht man dann die beiden Bildwerke mit einander. Des Florentiner Staatsmanns bartloses, hageres Antlitz mit den vorstehenden Backenknochen, der spitzen Nase und dem herabwallenden Haupthaare könnte uns an einen Asceten erinnern, wenn nicht die Lippen den geistvollen Spötter verriethen. So regt sich in uns von selbst die phantastische Idee, ob dieser Kopf stets so unverwandt vor sich hinschaue, oder ob er nicht zuweilen die Blicke seitwärts streifen lasse, um im Stile Lucian's über das seltsame Abenteuer des Vaters der Menschen und Götter seine Glossen zu machen.

Wer Machiavelli nur aus dessen Gesandtschaftsberichten, sowie aus dem „Principe", den „Discorsi" und den „Istorie fiorentine" kennen lernen wollte, würde ein unzulängliches Bild von dem eigenartigen Manne erhalten, der nicht blos die tiefsten Geheimnisse der Staats = und Regierungskunst erforscht und das menschliche Herz in seinen innersten Regungen ergründet, sondern auch der italienischen Komödie neue Bahnen gewiesen hat.

Unserer Zeit war es vorbehalten, Niccolò Machiavelli's volle Bedeutung als Staatsmann, sowie als Dichter zu erkennen, während dieser Charakterkopf der italienischen Renaissance früher zumeist in einer falschen Beleuchtung erschien. Italien mußte erst zum Einheitsstaate werden, ehe die Vorurtheile beseitigt wurden, mit denen das Andenken des größten italienischen Patrioten zu ringen hatte. Bemerkenswerth ist, daß sogleich beim Beginne der Kämpfe, welche das italienische Volk für seine Einheit bestanden hat, in Deutschland die wirkliche Größe Machiavelli's erkannt worden ist. Damals, im Sommer 1859, faßte Karl Frenzel in seinen Studien: „Dichter und Frauen" sein Urtheil über den Florentiner Staatsmann, wie folgt, zusammen: „Wie er aber in den Nachtstunden im ersten Jahre seines Unglücks, auf seinem einsamen Gemach aus dem Drang des Lebens zu den Werken und Thaten der alten Helden flüchtete und sie ihn nicht verschmähten: so sollte er in der

Erinnerung der Menschen stehen — eine ernste, traurige
Gestalt über die Trümmer des Forums dahinschreitend und
die Steine anrufend, da die Menschen schweigen, wie erliegend
unter der Last eigener Gedanken, der Schmach des Vater=
landes, dem so vielfach unverdienten Fluch der Nachwelt, —
aber emporlohend, hoch aufgerichtet, das Auge flammend,
unter den mächtigen Geistern der italischen Erde der
mächtigste, wenn von der Spitze des Kapitols herab über
eine unzählige, endlich von eigenen und fremden Drängern
befreite Volksmenge dahin der Ruf erschallt: „Italien!
Italien!"

Die Ereignisse der letzten Jahrzehnte haben das Ideal
verwirklicht, welches von Machiavelli für sein Vaterland
erträumt wurde, und der Verfasser des „Principe" erscheint
uns heute nicht mehr als der böse Dämon, der er nach der
früher ziemlich allgemein herrschenden Auffassung sein sollte.
Nachdem mit dem dritten Bande des Werkes: „Niccolò
Machiavelli e i suoi tempi illustrati con nuovi docu-
menti" (Firenze, 1882. Le Monnier) Pasquale Villari
seine als klassisch zu bezeichnende Arbeit über den Secretär
des florentiner „Magistrats der Zehn" zum Abschlusse
gebracht hat, wird es allerdings kaum noch gestattet sein,
an den hergebrachten Vorurtheilen festzuhalten.

Wie oft mag der einem alten florentinischen Popolan=
geschlechte entstammende Secretär „der Zehn des Krieges
und des Friedens" sein bescheidenes Lebensloos mit dem=
jenigen Guicciardini's verglichen haben, dem durch seine
vornehme Geburt von Anfang an eine glänzende politische
Laufbahn eröffnet wurde, wie heiß mag der nach der Staats=
umwälzung des Jahres 1512 seines Amtes beraubte Machia=

1*

velli die Rückberufung in die Dienste der Vaterstadt ersehnt haben, — und dennoch verdankt er dieser vermeintlichen Ungunst des Schicksals seinen dauernden Nachruhm, seine unvergänglichen Ansprüche auf die Unsterblichkeit. Andererseits war die staatsmännische Thätigkeit Machiavelli's erforderlich, um eine so gründliche Kenntniß der menschlichen Mängel und Leidenschaften zu erlangen, wie sie in den Komödien des florentiner Schriftstellers in die Erscheinung tritt.

Wer aber in die Seele eines Cesare Borgia, des Herzogs von Valentinois und Urbino, tiefe Einblicke zu gewinnen vermochte, so daß er die letzten Pläne des weltklugen Papstsohnes klar erkannte, mußte auch im Stande sein, die charakteristischen Figuren seiner nächsten Umgebung scharf und plastisch darzustellen.

Pasquale Villari entrollt ein anschauliches Gemälde von den Zuständen des italienischen Theaters, welches neben der improvisirten Komödie insbesondere Nachahmungen der römischen Lustspieldichter Plautus und Terenz aufwies. Ludovico Ariosto, der Dichter des „Orlando furioso" war es, welcher in seinen Komödien durch die Verbindung nationaler Elemente mit klassischen Erinnerungen das italienische Lustspiel umbildete, so daß Machiavelli immerhin in den Spuren des erwähnten Dichters wandelte, obgleich erst die „Mandragola" als wirkliches Muster der Gattung gelten kann.

Wir besitzen von Machiavelli zwei unzweifelhaft echte Lustspiele in Prosa, die „Mandragola" und die „Clizia", sowie ferner eine Uebersetzung der „Andria" des Terenz. Außerdem werden dem italienischen Dichter noch zwei Lust-

spiele: die „Commedia in verfi" und die ebenfalls titellofe
„Commedia in profa" zugefchrieben, von denen die letztere
nach dem Jntriganten des Stückes, dem Frate Alberigo,
mit dem Namen „Jl Frate" bezeichnet zu werden pflegt.
Ehe wir aber die Gründe erörtern, die insbefondere für die
Unechtheit der „Commedia in verfi" zeugen, empfiehlt es
fich, Machiavelli's Bedeutung als Komödiendichter durch
eine Würdigung feiner unzweifelhaft authentifchen Luftfpiele
zu erhärten.

※

Wie Boccaccio nur das Leben der Mönche und Edel=
leute in feiner nächften Umgebung zu ftudiren brauchte, um
die Figuren der Novellen des „Decameron" lebenswahr zu
geftalten, fand auch Machiavelli in der zeitgenöffifchen Ge=
fellfchaft eine reiche Auswahl von Typen, die er in feinen
Komödien mit Erfolg verwenden konnte. In dem „Prologo",
welchen der Dichter dem Luftfpiele „Mandragola" voranfchickt,
theilt er den äußeren Anlaß mit, der ihn beftimmte, fich
auf dem ungewohnten Gebiete, das von Thalia beherrfcht
wird, zu verfuchen. „Wenn der von mir gewählte Stoff,"
ruft er melancholifch aus, „feiner Leichtfertigkeit wegen eines
Mannes nicht würdig ift, der klug und ernft erfcheinen will,
fo entfchuldige man es damit, daß er durch diefe nichtigen
Gedanken feine traurige Zeit angenehmer machen will. Weiß
er doch nicht, wohin er fonft feine Blicke wenden foll, da es
ihm verwehrt ift, bei anderen Aufgaben andere Tüchtigkeit
zu bewähren, und feine Bemühungen keinen Lohn finden."
Als Machiavelli diefe Worte mit blutendem Herzen
niederfchrieb, hatte er längft aufgehört, in feiner Vaterftadt

eine einflußreiche Rolle zu spielen. Am 14. Juli 1498, im
Alter von 29 Jahren, zum Secretär der Zehn, der behufs
Leitung des Kriegswesens und des diplomatischen Dienstes
eingesetzten Behörde, ernannt, wurde er bis zu der Staats-
umwälzung des Jahres 1512 mit wichtigen diplomatischen
Missionen betraut. Wie schwer mußte daher die spätere
Unthätigkeit im kräftigen Mannesalter auf ihm lasten, zumal
da er sich des Gefühls nicht erwehren konnte, daß er von
seiner Vaterstadt, der er in treuer Pflichterfüllung gedient,
den schnödesten Undank erfahren hatte! Die Nachwelt
darf es allerdings als einen Glücksfall preisen, daß Machiavelli durch die ihm auferlegte unfreiwillige Muße in den
Stand gesetzt war, seine unvergänglichen Schriften zu ver-
fassen, wie denn auch die Komödien „Mandragola" und
„Clizia" dieser Zeit ihre Entstehung verdanken.

Das erstgenannte Lustspiel ist eine blutige Satire auf
die Sittenverderbniß der Mönche. Wie aber Boccaccio im
„Decameron" die schlimmsten Schelmenstreiche der Ordens-
geistlichen berichtet, ohne auch nur eine Spur von sittlicher
Entrüstung zur Schau zu tragen, beschränkt sich Machiavelli in
der Komödie „Mandragola" auf die scharfe Zeichnung der
Charaktere, die dann im Guten wie im Bösen einem Natur-
gesetze zu gehorchen scheinen. Frate Timoteo ist das Muster
eines habgierigen, gleißnerischen Mönches, der mit dem
Heiligsten seiner Kirche Spott treibt, um das ihm für Ver-
übung einer Schandthat angebotene Sündengeld zu verdienen.

Die Dummheit des zu prellenden Ehemannes Messer
Nicia und die Bigotterie seiner Schwiegermutter Sostrata
bilden freilich die wesentliche Voraussetzung für das Gelingen
des von Fra Timoteo begünstigten Planes, die tugendhafte

Gemahlin des Nicia, Lucrezia, allen ihren bisherigen Grund=
sätzen untreu werden zu lassen. Der von verzehrender
Leidenschaft erfüllte Liebhaber, Callimaco, welcher von dem
schlauen Ligurio mit Rath und That unterstützt wird, sieht
sich aber erst dann am Ziele seiner Wünsche, als Gatte,
Mutter und Beichtvater der keuschen Lucrezia sich mit ein=
ander vereinigen, um derselben zu versichern, daß sie durch
die Verletzung der ehelichen Treue ein gottgefälliges Werk
vollbringe.

Daß die Lösung dieses offenkundigen Widerspruchs in
der Komödie nur mittelst einer Reihe geschickt combinirter
Effecte erfolgen kann, springt in die Augen. Ein aus der
Alraunwurzel, der Mandragola — dieselbe hat der Komödie
auch den Titel gegeben — bereiteter Trank spielt im Ver=
laufe der Handlung eine wichtige Rolle. Der Dichter ist
aber weit davon entfernt, diesem angeblichen Wundertranke
eine ernsthafte Wirkung zuzuschreiben. Vielmehr besteht die=
selbe nur in der Phantasie des geprellten Ehemannes, der
durchaus Vaterfreuden genießen will, und bezüglich dessen
Callimaco gelegentlich mit Recht bemerkt, „daß er trotz
seinem Doctortitel der einfältigste und dümmste Mensch von
Florenz ist".

Die Figur des Nicia ist vortrefflich gezeichnet, und es
ist ein wahres Meisterstück, den eifersüchtigen Ehemann, als
welcher er im ersten Acte erscheint, allmählich bis zu der
äußersten Grenze ehelicher Duldsamkeit gelangen zu lassen.
Die Dummheit dieses Mannes ist von einer so unwider=
stehlichen Komik, daß selbst ein strenger Sittenrichter nicht
ganz ernst zu bleiben vermöchte. Kaum ist Nicia auf der
Bühne erschienen, als er bereits Anlaß zur Heiterkeit gibt.

Ligurio, der ihn bestimmen will, mit seiner Frau Lucrezia eine Badereise zu unternehmen, ironisirt ihn durch den Hinweis, daß er wohl nicht gewöhnt sei, die Domkuppel des Brunelleschi, das Wahrzeichen von Florenz, aus den Augen zu verlieren. Nicia fühlt sich durch diese Bemerkung gekränkt und erwidert selbstbewußt: „Du irrst, als ich jünger war, schwärmte ich viel umher; und niemals fand in Prato Jahrmarkt statt, ohne daß ich hingegangen wäre. Auch gibt es kein Schloß in der Umgegend, wo ich nicht gewesen wäre, und ich will dir noch mehr sagen: ich bin in Pisa und Livorno gewesen." Durch diese Entgegnung charakterisirt sich Nicia sofort in seiner ganzen Beschränktheit, und der Zuhörer ahnt zugleich, daß diesem Manne, der kleine Ausflüge in die Umgegend von Florenz als große Reisen betrachtet, durch seine Dummheit im Verlaufe der Handlung noch übel mitgespielt werden wird.

Die Objectivität, mit welcher Machiavelli seine Charaktere gestaltet, äußert sich insbesondere in Callimaco, der sich durch seine Liebesleidenschaft für Lucrezia hinreißen läßt, das seltsamste Abenteuer zu bestehen, welches jemals zur Täuschung eines Ehemannes ersonnen worden ist. Callimaco, der in jungen Jahren nach Paris verschlagen wurde, hat daselbst, bei einem Streite darüber, wo die schönsten Frauen zu finden wären, in Italien oder in Frankreich, den Liebreiz der Gemahlin des Nicia in so begeisterten Ausdrücken rühmen hören, daß er sofort beschließt, nach Florenz zu reisen, um Lucrezia persönlich kennen zu lernen.

Alle seine Erwartungen werden noch übertroffen, und er sieht sich bald von so mächtiger Liebesleidenschaft erfaßt, daß er vor keinem Mittel, das ihn zum Ziele führt, zurück schreckt. Diese Leidenschaft, welcher er blind gehorchen muß, läßt ihn auch weit weniger verächtlich erscheinen, als Frate Timoteo, der ihm aus Habsucht als gefügiges Werkzeug dient. Während der Letztere keinen Augenblick Reue über sein aller Zucht und Sitte hohnsprechendes Verhalten empfindet, tauchen in Callimaco's Seele selbst dann noch ernste Gewissensbedenken auf, als er sich bereits dem ersehnten Ziele nahe weiß. „Ich bin," bekennt er in dem Monologe, welcher den vierten Act eröffnet, „ein von zwei verschiedenen Winden getriebenes Schiff, das um so mehr zu befürchten hat, je näher es dem Hafen ist. Die Einfältigkeit des Nicia erweckt in mir Hoffnung, während die Klugheit und Hart= herzigkeit seiner Gemahlin Lucrezia meine Besorgnisse wach= rufen. Wehe mir, daß ich nirgends Ruhe finden kann! Zuweilen versuche ich, mich selbst zu überwinden; ich table mich wegen meiner leidenschaftlichen Erregung und frage mich: Was thust du? Hast du den Verstand verloren? Was wird geschehen, wenn du Lucrezia selbst gewinnst? Du wirst dann deinen Irrthum einsehen und Reue wegen deiner Anstrengungen und Absichten empfinden. Weißt du nicht, wie wenig Glück man in den Siegen findet, welche von den Menschen ersehnt werden, im Vergleich zu dem= jenigen, was sie darin zu finden hoffen?" Trotz diesen Anwandelungen von Besonnenheit wird Callimaco bald wieder von seiner heftigen Leidenschaft ergriffen, die ihn gleichsam mit elementarer Gewalt fortreißt.

Lucrezia, die Gemahlin des Nicia, erscheint uns als eine ungemein sympathische Frauengestalt, die ihre Tugend als höchstes Gut schätzt und sich dann erst nachgiebig erweist, als ihr alberner Gatte, sowie ihre von Frate Timoteo

bethörte Mutter und der letztere selbst ihr keinen anderen
Ausweg mehr lassen. Wenn der Dichter die Intrigue nicht
im letzten Augenblicke noch fehlschlagen läßt, so entspringt
dies nur seiner Kenntniß der Menschen und Sitten seiner
Zeit. Machiavelli würde ohne Mühe eine „sittlichere" Lö=
sung gefunden haben, dies wäre aber nur auf Kosten der
künstlerischen Wirkung geschehen. Der vom Dichter gewählte
Abschluß ist der einzige, auf welchen der Verlauf der ganzen
Handlung hindrängt. So erscheint es denn begreiflich, daß
Lucrezia sich endlich an Callimaco mit den Worten wendet:
„Da deine Schlauheit und die Thorheit meines Mannes, die
Einfältigkeit meiner Mutter und die Schlechtigkeit meines
Beichtvaters mich dahin gebracht haben, dasjenige zu thun,
was ich niemals von selbst gethan hätte, so will ich glauben,
daß eine Fügung des Himmels es so gewollt hat, und ich
bin nicht im Stande, dasjenige zu verweigern, was der
Himmel mir auferlegt. Deshalb nehme ich dich als meinen
Herrn, Gebieter und Führer an. Du sollst nunmehr mein
Vater, mein Beschützer und mein höchstes Gut sein!"
    Frate Timoteo bleibt bis zum Schlusse seiner traurigen
Rolle treu. In dieser Figur hat aber der Dichter recht
eigentlich eine ganze Klasse der zeitgenössischen Gesellschaft
schildern und geißeln wollen, was allerdings nicht verhindert, daß Frate Timoteo mit ganz individuellen Zügen
ausgestattet ist. „O Mönche!" ruft Callimaco mit Beziehung
auf seinen geistlichen Helfershelfer gelegentlich aus, „wenn
man einen von euch kennt, so kennt man euch sämmtlich."
Bezeichnend ist die Art, wie Frate Timoteo stets von neuem
die Religion, deren Hüter er sein soll, seinen unsauberen
Plänen dienstbar machen will. Als er durch seine teuflische

Dialektik endlich vermocht hat, die letzten Bedenken der Frau des Nicia zu zerstreuen, verabschiedet er sich von ihr mit den Worten: „Ich will Gott für dich bitten; ich werde den Engel Raphael anflehen, daß er dich geleiten möge!"

Der Contrast zwischen diesem salbungsvollen Versprechen und der schmählichen Handlung, zu welcher er die mit allen Kräften widerstrebende Lucrezia angestiftet hat, zeigt den Charakter des Mönches in seiner ganzen Verworfenheit. Nachdem die Intrigue dann gelungen, ist es wiederum Frate Timoteo — der Name ist sicherlich nicht ohne Ironie gewählt — der, ehe er sich von dem Erfolge seines Schützlings Callimaco überzeugt, alle Andachtshandlungen registrirt, die er an diesem Tage bereits vollbracht hat, und sich zugleich berufen fühlt, über den zunehmenden Mangel an Devotion zu klagen.

Bedenkt man nun, daß diese Satire von Papst Leo X. und den Cardinälen mit der größten Heiterkeit aufgenommen wurde, so kann man nur dem Urtheile des italienischen Litteraturhistorikers de Sanctis beipflichten, der im Hinblicke auf die in der Komödie „Mandragola" den Mönchen angehefteten Epigramme unter anderem ausführt: „Diese Dinge erweckten in Deutschland Unwillen und riefen die Reformation hervor. In Italien erregten sie Gelächter. Und derjenige, welcher zuerst darüber lachte, war der Papst. Wenn ein Uebel aber so allgemein verbreitet und gewöhnlich ist, daß man darüber lacht, so ist es dem kalten Brande vergleichbar, insofern es nicht mehr geheilt werden kann."

❧

In der Komödie „Clizia" entrollt Machiavelli gleich=
falls ein florentiner Sittengemälde, welches dadurch nichts
an künstlerischem Werthe verliert, daß dem Dichter das
Lustspiel des Plautus „Casina" als Muster vorlag. Abge=
sehen davon, daß Plautus selbst sich der Stoffe, welche die
neuere Komödie der Griechen darbot, ohne Weiteres
bemächtigte — auch die „Casina" ist die Nachahmung eines
griechischen Originals — tritt bei Machiavelli die Fabel
des Stückes an Bedeutung hinter den Charakteren zurück,
während die in sein Lustspiel verwebten Sittenschilderungen
diesem zugleich ein eigenartiges Localcolorit aufprägen.

Da dasjenige Florenz, welches Machiavelli kannte, wie
zu den Zeiten Boccaccio's frohem Lebensgenusse huldigte,
darf es nicht überraschen, daß die Komödie „Clizia" ebenso,
wie die „Mandragola" die damalige Ungebundenheit der
Sitten zur vollen Anschauung bringt. Trotzdem glaubt der
Dichter sich im Prologe rechtfertigen zu müssen, falls durch
sein Lustspiel Anstoß erregt werden sollte. Von dem unbe=
streitbaren Satze ausgehend, daß die Komödie bezwecke, den
Zuschauer zu erheitern, führt er weiter aus, daß der ernste
und strenge Ton dadurch von selbst ausgeschlossen sei.
Alberne, spöttische oder verliebte Reden sind nun nach der
Meinung Machiavelli's die einzigen, welche auf der Schau=
bühne komisch wirken, und da er darauf verzichtete, sich der
ersten beiden Hülfsmittel zu bedienen, sah er sich genöthigt,
„zu den verliebten Personen und zu den Vorgängen, die sich
aus der Liebe ergeben, seine Zuflucht zu nehmen".

Bemerkenswerth ist, daß die Titelheldin des Stückes
„Clizia", um deren Besitz zwischen Vater und Sohn Streit
entbrennt, überhaupt nicht zum Vorscheine kommt. Neben

Nicomaco, dem Vater, und dessen Sohne und Rivalen, Cleandro, figuriren die beiden Diener Pirro und Eustachio als vorgeschobene Bewerber um die Gunst der anmuthigen Clizia, von denen der eine im Namen des Nicomaco, der andere im Interesse des Sohnes handelt. Auf Seite des letzteren steht auch Sofronia, die Gemahlin des verliebten Alten, welche die abenteuerlichen Anwandelungen desselben natürlich nicht gleichgültig lassen. So sieht sich denn Nico= maco in derbkomischer Weise geprellt, als er sich nach selt= samen Wechselfällen aller Art bereits am Ziele seiner Wünsche wähnt. Cleandro ist es dann, welcher Clizia, die sich als die Tochter eines neapolitanischen Edelmannes erweist, als Gattin heimführt. Innerhalb dieses Rahmens findet Machiavelli wiederum mannigfache Gelegenheit, die Hauptfiguren seiner Komödie in voller Lebenswahrheit dar= zustellen.

Insbesondere sind es Nicomaco und Sofronia, deren Individualität so anschaulich und plastisch hervortritt, daß wir unwillkürlich an jene Bildwerke des Quattrocento und Cinquecento erinnert werden, welche, von Meisterhand in bemaltem Thon oder Stucco ausgeführt, in unserer Phan= tasie Leben und Seele erhalten. Man kann sich wohl ver= sucht fühlen, der einen und der anderen Büste im Museo Nazionale zu Florenz die Abenteuer des Nicomaco anzu= dichten, so vertraut hat uns der Dichter mit dieser Figur seines Lustspiels „Clizia" gemacht.

Sogleich, wenn Nicomaco in der ersten Scene des zweiten Actes auf die Bühne tritt, entwirft er eine so treue Schilderung von sich selbst, daß wir an der Wirklich= keit und Leibhaftigkeit dieses verliebten Alten keinen Augen=

blick zweifeln. „Himmel!" ruft er aus, „was habe ich an
den Augen? Es flimmert mir, so daß ich das Licht nicht
erkennen kann, und gestern Abend würde ich die geringste
Kleinigkeit gesehen haben. Sollte ich zuviel getrunken
haben? Vielleicht wohl! O Gott, das Alter kommt mit
allen seinen Uebeln! Aber ich bin noch nicht so alt, um
nicht mit Clizia mein Glück zu versuchen. Ist es aber
möglich, daß ich mich in dieser Weise verliebt habe? Und
noch schlimmer ist, daß meine Frau es gemerkt hat und auch
ahnt, weshalb ich meinem Diener Pirro dieses Mädchen zur
Frau geben will."

Von unwiderstehlicher Komik ist dann die Scene, in
welcher Nicomaco und Sofronia einander zu überlisten
suchen, bis ersterer schließlich die Frage, ob Clizia mit Pirro
verheirathet werden soll, von der Entscheidung des Beichtvaters, Fra Timoteo, abhängig machen will. Die Zuschauer,
welche den Frate Timoteo aus der Komödie „Mandragola"
kannten, mußten die Bedeutung dieses Vorschlags sofort
begreifen. Sofronia ist jedoch ihrem durch seine Leidenschaft verblendeten Ehemanne an Besonnenheit weit über-
legen, jeder Kriegslist desselben weiß sie eine andere ent-
gegenzusetzen, bis er endlich mit Spott und Schande unter-
liegt. Aber auch dann benutzt sie ihren Sieg nur zur Besse-
rung ihres Gatten, dem sie folgende Strafpredigt hält:
„Glaubtest du denn, mit Blinden zu thun zu haben oder
mit Leuten, welche deine ungeziemenden Pläne nicht zu
vereiteln im Stande wären? Ich bekenne, alle gegen dich
gerichteten Intriguen geleitet zu haben. Denn es gab, um
dich zur Erkenntniß deines Fehlers zu bringen, kein anderes
Mittel, als dich mit so vielen Zeugen auf der That zu

ertappen, daß du dich schämtest, damit die Scham dich ver=
anlaßte, dasjenige zu thun, wozu dich nichts anderes ver=
mocht hätte. Die Sache liegt nun so: Wenn du zu deiner
Pflicht zurückkehren und wieder derjenige Nicomaco sein
willst, der du vor einem Jahre warst, so werden wir anderen
gleichfalls ebenso wie ehemals werden, und niemand wird
den Vorgang erfahren. Wenn aber selbst jemand Kennt=
niß davon erhielte, so ist es eben Brauch, zu irren und sich
zu bessern."

Die Komödie „Clizia" weist eine Reihe intimer
Schilderungen aus dem Familienleben der Florentiner auf;
die Fähigkeit, scharf zu beobachten und anschaulich darzu=
stellen, welche den Gesandtschaftsberichten Machiavelli's
ebenso, wie seinen Hauptwerken, dem „Principe", den
„Discorsi" und den „Istorie Fiorentine", einen eigen=
artigen Reiz verleiht, verläugnet sich auch in den Lust=
spielen nicht.

Hinsichtlich der auf der Via sacra des republikanischen
Roms spielenden „Commedia in versi" bemerkt Karl Frenzel,
daß sie unter den Komödien Machiavelli's künstlerisch auf
der tiefsten Stufe stehe und noch kein anderes Mittel wisse,
Charaktere zu entwickeln, als den Monolog. Ein feinfühliger
Beurtheiler der italienischen Litteratur, hat Frenzel auch
hier das Richtige getroffen; ja, er hätte sein Verdikt noch
schärfer fassen können; denn die „Commedia in versi" rührt,
wie sich mit annähernder Bestimmtheit behaupten läßt, in
Wirklichkeit gar nicht von Machiavelli her. Man braucht
dieses Lustspiel nur unmittelbar nach der von Anfang bis

zu Ende unfer Intereffe feffelnden „Mandragola" zu lefen, um zu der Ueberzeugung zu gelangen, daß der geniale Hauch, von welchem die letztere Komödie durchweht wird, in dem anderen Werke völlig vermißt werden muß.

Während eines Aufenthaltes zu Florenz im Jahre 1881 äußerte ich gegenüber dem Bibliothekar der National= bibliothek, welche die werthvollen Manuffripte Machiavelli's birgt, Bedenken, hinfichtlich der Echtheit der „Commedia in verfi". Signor Gennaro Buonanno legte mir jedoch den berühmten codice strozziano vor, deffen vom Verfaffer des „Principe" felbft gefchriebener Inhalt unter anderem das erwähnte Luftfpiel aufweift. Nachdem ich kurz vorher („Allgemeine Ztg." vom 25. Auguft 1881) die Echtheit beftritten hatte, hielt ich aus inneren Gründen an diefer Anficht feft, zumal da das Manuffript bei aller Ueberein= ftimmung mit den übrigen Handfchriften beinahe gar keine Abänderungen zeigt, fo daß es fich um die Kopie einer fremden Arbeit handeln konnte. Bei einem neuen Auf= enthalte in der Arnoftadt im Jahre 1882 trug ich dem inzwifchen an die Biblioteca nazionale berufenen italienifchen Litteratur = Hiftoriker Guido Biagi, deffen Liebenswürdigkeit und freundliche Hülfsbereitfchaft volle Anerkennung verdienen, meine Einwendungen von neuem vor. Wiederum wurde der codice strozziano herbeigeholt; Guido Biagi war jedoch anfcheinend feiner Sache nicht mehr fo ficher, wie fein Vorgänger; hatte doch inzwifchen Pasquale Villari fich ver nehmen laffen.

Villari hebt zunächft hervor, daß die unzweifelhaft von Machiavelli herrührende Handfchrift allerdings ein fehr beachtenswerthes Beweismoment fei. „Aber diefer äußere

Beweis," fährt er fort, „verliert seinen Werth, wenn man bedenkt, daß sich in demselben Codex, und zwar gleichfalls von der Hand Machiavelli's, die ‚Beschreibung der Pest‘ befindet, für deren Verfasser er heute von Niemandem mehr gehalten wird. Am Schlusse der Komödie finden sich ferner auch von seiner Hand geschrieben die Worte: ‚Ego Barlachia recensui,‘ welche den Zweifel bestätigen, daß er in diesem Bande fremde Schriften kopirt hat, wofür wir später noch anderweitige Bekräftigung finden werden. Wenn wir dann von den äußeren Beweisen zu den inneren übergehen, so wird es ziemlich schwierig sein, Machiavelli diese „commedia in versi" zuzuschreiben. Völlig auf der Verwechselung zweier Namen, Camillo und Catillo, begründet, stellt sie eine Scene aus den römischen Zeiten dar. Sie zeigt keine Verwickelung, keine Schönheit des Stils, keine Realität oder Lebenswahrheit der Charaktere und ist so langweilig, daß man sie kaum zu lesen im Stande ist. Voll von unendlich langen Monologen, weist sie auch nicht jene florentiner Witzworte und Epigramme auf, welche niemals in den Komödien und Poesien Machiavelli's fehlen."

Bezeichnend ist insbesondere die bereits erwähnte Schluß=bemerkung: „Ego Barlachia recensui." Ein italienischer Schriftsteller hat bereits darauf hingewiesen, daß Barlacchia oder Barlacchi ein öffentlicher Ausrufer in Florenz gewesen ist, und vermuthet, daß Machiavelli sich dieses Namens bedient habe, um anzudeuten, daß er in gewissem Sinne in seinen Komödien ein Verkünder der Fehler seiner Mitbürger wäre. Die Frage hinsichtlich der Echtheit der Komödie ist zwar dadurch nicht endgültig gelöst; die Gründe, welche Villari anführt, sind jedoch beinahe zwingender Natur.

Hervorgehoben zu werden verdient noch, daß diese Frage
bereits vor geraumer Zeit von italienischen Litteraturhistorikern
angeregt worden ist.

Auch die „Commedia in prosa", welche nach der
Hauptfigur des Stückes, dem Mönche Alberigo, den Namen
„Il Frate" führt, wird vielfach für unecht gehalten. Es
mangelt jedoch an positiven Beweismomenten für diese Annahme, obgleich sich nicht in Abrede stellen läßt, daß die
Charaktere des Lustspiels jener Lebenswahrheit entbehren,
mit welcher Machiavelli seine Figuren auszustatten pflegt.
Die zwischen der „Commedia in prosa" und der „Mandragola" bestehende Aehnlichkeit berechtigt aber vielleicht
nur zu dem Schlusse, daß der Dichter, dessen „komischer
Genius" ein nicht allzu fruchtbarer war, sich selbst nach-
ahmen mußte.

Ob Giovan Battista Gelli für sein Lustspiel: „La
Sporta" einen Entwurf des Dichters der „Mandragola"
benutzt habe, wird wohl stets unentschieden bleiben. Pasquale Villari, der dieser Annahme zuneigt, macht insbesondere eine Aeußerung des Neffen Machiavelli's, Ricci,
geltend, welcher berichtet, daß der Entwurf der „Sporta"
von seinem Oheim herrührte, so daß Gelli den von ihm
erhaltenen Fragmenten nur wenig hinzugefügt habe. Sieht
man von dieser Darstellung ab, so erscheint es nicht ausgeschlossen, daß in Folge der bedeutenden Wirkung, welche
die „Mandragola" erzielte, der Dichter sehr bald Bewunderer fand, die in seinen Spuren zu wandeln suchten.
Niccolò Machiavelli, der mit seinem eindringenden Ver-
stande die Geheimnisse des Menschenherzens zu erforschen vermochte, überragt jedoch alle seine Mitbewerber. Dichtungen,

wie „Mandragola" und „Clizia" rechtfertigen es jedenfalls zur Genüge, wenn Machiavelli als der Begründer des italienischen Lustspiels der neueren Zeit bezeichnet wird, der nicht blos auf Pietro Aretino, sondern auch auf Carlo Goldoni noch eine nachhaltige Einwirkung ausgeübt hat.

II.

Pietro Metastasio.

Am 12. April des Jahres 1882 war gerade ein Jahrhundert verflossen, seitdem Pietro Trapassi, der unter dem Namen Metastasio der Weltlitteratur angehört, zu Wien als „kaiserlicher Dichter" gestorben ist. Ein seltsames Lebensschicksal war es, das den am 13. Januar 1698 geborenen Sohn des römischen Victualienhändlers Felice Trapassi zur Sonnenhöhe des Ruhms und auf den Gipfel menschlichen Glücks führte; ein Schicksal, wie es kaum jemals einem Dichter zu Theil geworden ist. Frauen- und Fürstengunst wetteiferten mit einander, das Dasein Metastasio's zu verschönern; während aber die erstere die poetische Begabung desselben sich in reicher Blüthenpracht entfalten ließ, versiegte das Talent des Dichters immer mehr, je länger er am Wiener Hofe unter den Strahlen der kaiserlichen Gunst der Freiheit entfremdet und entwöhnt war, ohne die kein echtes Dichterwerk entstehen und reifen kann.

Es läßt sich kaum ein schärferer Gegensatz denken, als
derjenige, welcher zwischen Pietro Metastasio und Vittorio
Alfieri besteht. Um seine Unabhängigkeit zu gewinnen,
erachtet der letztere kein Opfer für groß genug, er verzichtet,
um sich ganz der Dichtkunst widmen zu können, bereitwillig
auf einen großen Theil seines Vermögens; Metastasio
dagegen betrachtet Wohlleben und materielle Vortheile so
sehr als Lebensbedingung, daß er dem Rufe Kaiser Karl's VI.
folgt, der ihn zum Nachfolger Apostolo Zeno's als „poeta
cesareo" ernennt.

Während Vittorio Alfieri in seiner Herzensneigung zur
Gräfin von Albany einen Grund mehr erblickt, unter Ver-
zichtleistung auf mancherlei Vortheile seine volle Freiheit zu
erringen, trennt sich Metastasio, der Dichter des Dramas:
„Didone abbandonata", von der schönen Sängerin Marianna
Bulgarelli, der „Romanina", die ihn gewissermaßen als Muse
begeistert hatte, nicht allzu schweren Herzens. So kann es
denn nicht überraschen, daß Vittorio Alfieri, ein ausgeprägter
Charakterkopf, der wirkliche Begründer der italienischen
Tragödie geworden ist, Metastasio hingegen, wie sehr er
auch das gleiche Ziel anstrebte, ungeachtet der Gunst der
äußeren Verhältnisse, die an seine Begabung geknüpften
Erwartungen nicht zu erfüllen vermocht hat.

In seiner Autobiographie hat Vittorio Alfieri dem
schroffen Gegensatze, in dem er sich zu dem „kaiserlichen
Dichter" befand, drastischen Ausdruck gegeben. Er berichtet,
wie er während seines Aufenthaltes in Wien verschmähte,
die Bekanntschaft Metastasio's zu machen, und begründet
dies unter anderem wie folgt: „Man füge hinzu, daß ich
Metastasio zu Schönbrunn in den kaiserlichen Gärten gesehen

hatte, wie er vor Maria Theresia mit einer servil freund=
lichen und schmeichlerischen Miene seine Kniebengung machte,
und ich, der ich in jugendlicher Weise für Plutarch schwärmte,
übertrieb so sehr die abstrakte Wahrheit, daß ich niemals
eingewilligt haben würde, in ein freundschaftliches oder ver=
trauliches Verhältniß zu einer Muse zu treten, die sich an
die so glühend heiß von mir verabscheute despotische Gewalt
vermiethet oder verkauft hatte."

Erscheint nun auch das Urtheil Alfieri's allzu hart, so
kann es doch keinem Zweifel unterliegen, daß die scharfe
Luft der Freiheit für die poetische Entwickelung Metastasio's
förderlicher gewesen wäre. Letzterer hat dies auch selbst
anerkannt, wenn er in späteren Jahren melancholisch aus=
rief, daß „das dürftige Brod einer ehrenvollen Armuth in
seinen Augen zuweilen einen höheren Werth hätte, als aller
äußere Glanz des Lebens". Daß der Dichter durch das Ver=
lassen des Vaterlandes sich der starken Wurzeln seiner Kraft
beraubt hatte, kommt gleichfalls in Betracht, wenn man
nach den Ursachen forscht, welche das allmähliche Versiegen
der Produktionskraft Metastasio's verschuldeten. Endlich
muß noch auf die frühe Reife desselben hingewiesen werden,
die so häufig das Symptom eines vorzeitigen Absterbens ist.

Stand er doch im zarten Kindesalter, als er durch sein
Improvisationstalent die Aufmerksamkeit Vincenzo Gra=
vina's, des für die altklassischen, griechischen Tragödiendichter
begeisterten Kunstrichters und Rechtsgelehrten auf sich lenkte.
Dieser war es auch, welcher den jungen Pietro Trapassi in
sein Haus aufnahm, um ihn daselbst zum Beherrscher der
italienischen Schaubühne auszubilden. Im Alter von vier-
zehn Jahren hatte Metastasio   die Umwandlung des

italienifchen Namens in diefen griechifch anklingenden war
gleichfalls das Werk Gravina's — in der ftrengen Zucht
feines Wohlthäters nicht blos Homer, Theokrit, Virgil,
Ovid, Cicero, Tacitus und Livius, fowie die fcholaftifche
Philofophie und Jurisprudenz ftudirt, fondern auch feine
erfte Tragödie gedichtet, welche die für Klaffizismus fchwär=
menden Arkadier in Bewunderung und Staunen verfetzte.
Diefe Tragödie „Giustino" ift nach unferer heutigen An=
fchauung durchaus ungenießbar, während fie dem damaligen
Gefchmacke vollftändig entfprach.

Durch feine Begabung war Metaftafio aber auf ein ganz
anderes Gebiet hingewiefen, und man darf es immerhin
als einen Glücksfall für ihn bezeichnen, daß er, als Gravina
am 6. Januar 1718 ftarb, fich felbftftändig entwickeln konnte.
Zunächft bemühte er fich freilich, feine Individualität im
vollen Lebensgenuffe zu bethätigen, und bewies hierbei fo
viel guten Willen und eine folche Ausdauer, daß das von
Gravina ererbte nicht unbeträchtliche Vermögen bald voll=
ftändig vergendet war, und Metaftafio fich genöthigt fah,
einen ernfthaften Lebensberuf zu wählen.

So verließ er denn feine Vaterftadt Rom, um fich in
Neapel der Advokatur zu widmen; bald fehen wir ihn aber
wieder im Zauberbanne der Poefie. Aus jener Zeit ftammen
drei Hochzeitsgedichte, die zwar in mittelmäßigen Oktaven
verfaßt find, fich aber bereits durch den leichten Fluß und die
Kriftallhelle der Sprache auszeichnen; Eigenfchaften, welche
den Dramen Metaftafio's einen befonderen Werth verleihen.
Im Jahre 1721 gelangten dann einige kleinere Bühnen=

dichtungen zur Aufführung, von denen „L'Endimione" und „gli Orti Esperidi" besondere Erwähnung verdienen.

Diese letztere Dichtung ist für die Lebensgeschichte Metastasio's vor allem deshalb bedeutsam, weil er bei den Theaterproben, welche der Vorstellung selbst vorangingen, mit der reizenden Trasteverinerin Marianna Bulgarelli, der „Romanina", bekannt wurde. Dieselbe nahm ein lebhaftes Interesse an dem jugendlichen Dichter und machte ihn mit den Geheimnissen der Bühnentechnik vertraut, während Maëstro Porpora ihn in der Musik unterrichtete, die sich als eine stets hülfsbereite Bundesgenossin seiner Muse erweisen sollte.

Zwischen der schönen „Romanina" und Metastasio entwickelten sich aber zugleich so innige Beziehungen der Herzen, daß wir den Dichter bereits in demselben Jahre, in dem die „Orti Esperidi" zur ersten Aufführung gelangten, als ständigen Hausgenossen seiner Angebeteten wiederfinden, obgleich dieselbe verheirathet war. Die letztere Thatsache darf allerdings im Jahrhunderte des „Cicisbeats" nicht allzusehr überraschen. Für die poetische Entwickelung Metastasio's war dieses Verhältniß jedenfalls förderlich, da im Hause der Bulgarelli nicht blos Fürsten und andere hochgestellte Persönlichkeiten, sondern insbesondere auch die berühmtesten italienischen Künstler und Dichter jener Zeit verkehrten. Daselbst trat er unter anderem in ein freundschaftliches Verhältniß zu den Komponisten Porpora und Sarro, von denen der letztere die Musik zu seinem ersten großen Drama: „Didone abbandonata" schrieb.

Dieses Drama wurde im Jahre 1724 während des Karnevals im teatro San Bartolomeo zu Neapel mit dem größten Erfolge aufgeführt. Die hohen Gönnerinnen des

Dichters hatten freilich alles gethan, um diesen Erfolg vor=
zubereiten; namentlich die Prinzessin di Belmonte hatte ihre
sämmtlichen vornehmen Freundinnen für die erste Auf=
führung aufgeboten, die sich zu einem ebenso großen Triumphe
für die Bulgarelli, die Darstellerin der Titelrolle, wie für
Metastasio selbst gestaltete.

Ein Kunstrichter jener Zeit, Mattei, behauptete sogar,
daß das hauptsächliche Verdienst nicht dem Komponisten
Sarro, nicht einmal dem Dichter, sondern der Bulgarelli
gebührte, und fügte dann hinzu: „Die Romanina war eine
große Schauspielerin, und Metastasio selbst lernte von ihr die
schönsten Bühneneffekte, z. B. die Eifersuchtsscene-im zweiten
Akte, welche ganz die Erfindung der Sängerin war, wie mir
die Prinzessin di Belmonte oftmals versichert hat, unter
deren Auspicien das erwähnte Drama entstand.“ Die Er=
fahrung hat jedoch gezeigt, daß das letztere auch ohne die
schöne Romanina große Wirkung erzielte. Ja, vor einer
Reihe von Jahren trat Adelaide Ristori im Pagliano=Theater
zu Florenz als Dido in der Dichtung Metastasio's auf,
welche, ohne Musikbegleitung dargestellt, vollständig die Illu=
sion eines Drama's in Versen erweckte und großen Beifall
fand. Hieraus darf aber gefolgert werden, daß Metastasio's
„Didone abbandonata“ an erster Stelle als Poesie wirkte,
welche äußere Hülfsmittel wohl entbehren konnte.

Der Ruhm des Dichters war durch sein erstes großes
Drama fest begründet; in Venedig, in Rom wurde dasselbe
aufgeführt, und Metastasio und die Bulgarelli waren die
am meisten gefeierten Persönlichkeiten. Mit welchem Stolze
mußte es den Dichter erfüllen, sich von seiner Vaterstadt, der
„ingrata Roma“, die er mehrere Jahre vorher, mit Schulden

belastet, verlassen hatte, gewissermaßen zu den Sternen
erhoben zu sehen! „Jede Scene," berichtet der Abate Cor=
dova, „war ein fortwährendes Händeklatschen. Wer vermag
aber die Erregtheit des Parterres zu erklären, wenn die ver=
liebte Königin, da sie den übermüthigen Mohrenfürsten mit
ihr von Hochzeit reden hört, sich unwillig vom Throne erhebt
und jenen mit den entschiedenen Worten entläßt: ‚Ich bin
Königin und liebe und ich wünsche für mich allein die
Herrschaft über meinen Thron und über mein Herz.' Das
Beifallsgeschrei war so stark, daß das Theater ans seinen
Angeln gehoben zu werden schien. Ich wohnte dem Schau=
spiele nicht bei, weil meine geistliche Kleidung es mir nicht
gestattete, aber ich vernahm den Lärm beinahe von meiner
Zelle ans, zumal da in jenen Tagen von nichts anderem
in Rom gesprochen wurde."

Man wird kaum bei der Annahme fehlgehen, daß die
Römer, ihrer großen Vergangenheit eingedenk, in den
erwähnten Worten eine Anspielung auf die letztere erblickten;
läßt doch der Dichter die Heldin fortfahren: „Vergebens
beansprucht derjenige, mir Vorschriften zu ertheilen, welcher
mir das Recht streitig macht, über meinen Ruhm und über
meine Liebe selbst zu bestimmen:

„Darmi legge in van pretende
Chi l'arbitrio a me contende
Della gloria e dell' amor."

Vergleicht man allerdings diese harmlosen Verse mit
den flammensprühenden Epigrammen, in denen Vittorio
Alfieri die Unterdrücker Italiens geißelt, so begreift man
von neuem, daß die Muse Metastasio's besser verstand, die
süße Cantilene in allen Variationen vorzutragen, als den

Dolch der tragischen Muse zu zücken. Als der Dichter in dem
Drama: „Catone in Utica" den Versuch machte, die Kata=
strophe auf der Bühne selbst sich vollziehen zu lassen, mißlang
ihm dieser Anlauf, die italienische Tragödie nach dem Muster
der griechischen zu gestalten, vollständig. Das Theaterpublikum
empfand weder Mitleid noch Furcht, als der Titelheld, lebens=
gefährlich verwundet, auf der Schaubühne erschien und mit
dem Tode rang; vielmehr bereitete es diesem Auftritte ein
so entschiedenes Fiasko, daß Metastasio sich genöthigt sah,
den dritten Akt zum großen Theil abzuändern und den Tod
des Cato hinter die Scene zu verlegen.

Es wäre müßig, darüber zu streiten, ob der Dichter
des Drama's „Didone abbandonata" das Ideal, welches
ihm hinsichtlich der Tragödie vorschwebte, eher verwirklicht
hätte, wenn der Geschmack seiner Zeitgenossen ein anderer
gewesen wäre. Wahrscheinlich hat Metastasio gerade
dadurch seine großen Erfolge errungen, daß er in seinen
Dichtungen den Gefühlen und Empfindungen der damaligen
Epoche charakteristischen Ausdruck zu geben vermochte.

Hätte er wirklich die schöpferische Kraft besessen, das
italienische Theater neu zu gestalten, so würde er dem Publikum
seine eigenen Bedingungen vorgeschrieben, nicht aber den
Launen desselben nachgegeben haben. Jeder Polemik abhold,
zog der Dichter vor, sich den Zeitverhältnissen anzuschmiegen,
und seine Landsleute belohnten ihn reichlich für diesen guten
Willen. Weit über die Grenzen Italiens hinaus drang der
Ruhm Metastasio's, und es konnte nicht überraschen, daß
Kaiser Karl VI. ihn im Jahre 1729 an den Wiener Hof
berufen ließ. Guerzoni, der in seiner Schrift: „Il teatro
Italiano nel secolo XVIII." dem Dichter eine eingehende

Studie widmet, schildert dessen schwere Seelenkämpfe, als es galt, sich von Rom, der Stätte seiner Triumphe, insbesondere aber von seiner Muse, der schönen Romanina, zu trennen. Wir glauben aber, daß Metastasio diese Trennung in Wirk= lichkeit kaum allzuschwer empfunden hat, während Marianna Bulgarelli, welche dem geliebten Manne alles geopfert hatte, dem Schicksalsschlage nach wenigen Jahren erliegen sollte.

Im April des Jahres 1730 verließ der Dichter Rom für immer und fand in Wien die freundlichste Aufnahme. In den ersten Jahren bewährte er auch die frühere Produktions= kraft; eine lange Reihe von Dichtungen entstand in jener Zeit und brachte dem Dichter reichen Lohn. Vier Jahre, nachdem er Italien verlassen hatte, erhielt er die Nachricht von dem Hinscheiden der Bulgarelli, die ihn zu ihrem Uni= versalerben eingesetzt hatte. Metastasio verzichtete aber auf diese Erbschaft zu Gunsten des Ehemanns, dem er seinen Entschluß in einem für die Sitten jener Zeit ungemein bezeichnenden Schreiben mittheilte.

Allzutief kann der Dichter durch den Verlust der „Ro= manina" nicht ergriffen worden sein; denn wir sehen ihn bald durch innige Liebesbande an die Gräfin Pignatelli d'Althan, die er bereits von Neapel her kannte und als Ehrendame der Kaiserin am Wiener Hofe wiederfand, gefes= selt. Dieses Verhältniß gestaltete sich so intim, daß Meta= stasio öfter den Sommer auf einem in Mähren gelegenen Schlosse der Gräfin zubrachte, und daß vielfach angenommen wurde, das Liebespaar hätte eine heimliche Ehe geschlossen. Die edle Gräfin vermochte den Dichter aber nicht, wie ehemals die geniale Künftlerin, Marianna Bulgarelli, zu großen, dramatischen Werken zu begeiftern; nur fpärlich ift die Zahl der bedeutenderen Dichtungen, welche Metaftafio während der letzten Jahrzehnte feines Lebens gefchaffen hat. Immerhin verdient es Anerkennung, daß er trotz feiner Ergebenheit für die kaiferliche Familie äußere Ehren und Titel ftets abgelehnt hat. Karl VI. wollte ihn zum kaiferlichen Rath, zum Grafen ernennen; Maria Therefia beabfichtigte, ihm den Stephansorden zu verleihen; der Dichter verzichtete aber auf diefe Ehrenbezeugungen. Andererfeits verfchmähte er nicht, fich die Vermehrung feines Vermögens angelegen fein zu laffen, fo daß er bei feinem Tode nicht weniger als 130,000 Florin und überdies werthvolle Sammlungen, Pferde und Wagen, fowie eine reiche Bibliothek hinterließ. Seinem Univerfalerben Martinez, in deffen Familie er Jahrzehnte hindurch gelebt hatte, fchrieb er vor, ihn ohne jeden befonderen Pomp in der Michaelskirche zu Wien beftatten zu laffen. Trotzdem geftaltete fich die Leichenfeier zu einer großartigen Kundgebung für den hingefchiedenen Dichter.

Metaftafio ift auch nach feinem Tode noch lange Zeit überfchätzt worden; die in feine Melodramen verwebten Sentenzen erfcheinen uns zum Theil heute fchaal und alltäglich. Nichtsdeftoweniger bergen diefelben oftmals eine Fülle von Lebensweisheit, welche den Werken des Dichters, abgefehen von ihren poetifchen Vorzügen, einen dauernden Werth fichert. Nur muß man fich hüten, in das überfchwängliche Lob einzuftimmen, welches Metaftafio bei der Mehrzahl feiner Beurtheiler gefunden hat. Francesco de Sanctis hat nach meinem Gefühl die Bedeutung des Dichters am richtigften erkannt, wenn er hervorhebt, daß die Helden in den Dramen

Metastasio's alle Vorzüge besitzen, mit denen das goldene Zeitalter von der Poesie ausgestattet worden ist; sogar auf die Nebenfiguren fällt der Abglanz dieses konventionellen Heroismus.

Die pathetischen Erregungen folgen andererseits häufig so unvermittelt auf einander, daß der jähe Wechsel statt der tragischen eine komische Wirkung erzielen muß. Wenn z. B. die Heldin in der dritten Scene des zweiten Aktes der „Didone abbandonata", nachdem sie soeben erst pomp= haft erklärt hat, daß Aeneas sie niemals wiedersehen dürfte, auf die Meldung, derselbe wollte mit ihr sprechen, ohne Zandern erwidert: „Aeneas! wo ist er?" so kann man sich der Wahrnehmung nicht verschließen, daß eine derartige Figur weit eher in einem Lustspiele, als in der Tragödie am Platze ist. Es fehlte nur, daß Dido und Aeneas, aller= dings im Widerspruche mit der Ueberlieferung, sich am Schlusse des Stückes die Hand zur Ehe reichten, damit der Charakter der Komödie völlig gewahrt bliebe.

Freilich gereicht dem Dichter im vorliegenden Falle zur Entschuldigung, daß er Dido hauptsächlich als das liebende Weib darstellen will, in welchem das Gemüth stets über den Verstand siegt. Ein tragischer Charakter wird aber die Königin von Karthago erst dadurch, daß sie nicht blos an einer Laune, sondern in ihrer Frauenwürde unheilbar ver= letzt zu Grunde geht. Metastasio zog es vor, seiner Heldin mehrere Züge der „Romanina" zu leihen, und er hat unzweifel= haft gerade dadurch, daß er den Charakter der Dido der Gesellschaft, in welcher er lebte, anzupassen wußte, die Gunst des Theaterpublikums gewissermaßen im Sturme erobert.

Nicht minder entsprach der in den Dramen Metastasio's

beinahe sämmtlichen Figuren anhaftende Edelmuth der
damals herrschenden Geschmacksrichtung. Das am 4. No=
vember 1734 in Wien zuerst aufgeführte Drama: „La Cle-
menza di Tito", dessen Text später auch der Oper „Titus"
von Mozart als Grundlage gedient hat, ist ein drastisches
Beispiel für die Eigenart Metastasio's, mit Vorliebe die
Lichtseiten der menschlichen Natur hervorzuheben. Charaktere
nach Art derjenigen des jüngeren Cato und des Attilius
Regulus mußten daher einem echten „Romano di Roma",
wie Metastasio war, sehr verlockend erscheinen, obgleich
andererseits die herbe Sittenstrenge dieser Männer dem Tem=
peramente des Dichters keineswegs gemäß war. Wußte er
doch, daß diese Figuren in der Geschichte als Muster hoch=
herzigen Handelns fortleben! Hieraus erklärt es sich, daß
ein italienischer Dichter vom Range Giosuè Carducci's
Metastasio, den Verfasser der Dramen: „Catone in Utica"
und „Attilio Regolo", auch als Patrioten feiert und beklagt,
daß die Poesien desselben in unserem Jahrhundert in Ver=
gessenheit gerathen.

Mag immerhin die von Pietro Metastasio gepflegte
Kunstgattung unter anderem wegen ihrer nahen Verwandt=
schaft mit dem Melodrama uns heute fremdartig berühren,
so werden doch die lyrischen Schönheiten in den Werken
des Dichters allezeit Bewunderer finden. Die italienische
Nation bekundete aber durch die am 12. April 1882 veran=
staltete Centenarfeier, daß sie in Pietro Metastasio einen
ihrer hervorragendsten Bühnendichter verehrt, der jedenfalls
den Besten seiner Zeit genug gethan hat.

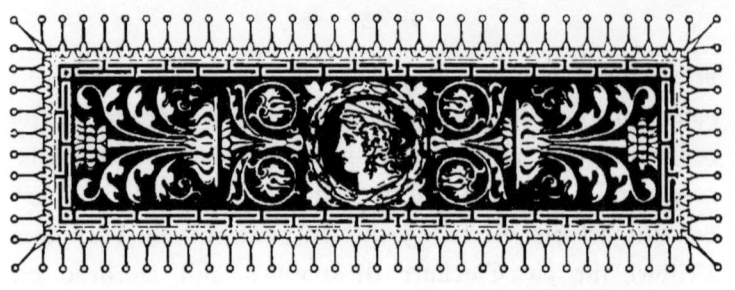

III.

Ugo Foscolo.

Paul Heyse, welchem das Verdienst gebührt, durch seine mustergültigen Uebertragungen italienischer Poesien den geistigen Verkehr zwischen Deutschland und Italien besonders gefördert zu haben, hat auch eine der eigenartigsten Dichtungen Ugo Foscolo's: „Dei Sepolcri“, „Von den Gräbern“, die jenseits der Alpen als das formvollendetste in der Versifikation gilt, dem deutschen Publikum zugänglich gemacht.

Als Verfasser der „Ultime lettere d'Iacopo Ortis“ ist zwar Ugo Foscolo längst auch in Deutschland bekannt; unter zahlreichen litterarhistorischen Gemeinplätzen, die trotz ihrer Grundlosigkeit Cours haben, befindet sich aber auch derjenige, daß die „Ortis-Briefe“ lediglich eine Nachahmung der „Leiden des jungen Werthers“ seien. Deshalb darf man es willkommen heißen, daß Paul Heyse von neuem die Aufmerksamkeit auf einen Dichter hingelenkt hat, dessen Werke, wie sie einen durchaus eigenartigen Geist wiederspiegeln, auf die Zeitgenossen Ugo Foscolo's den tiefsten, nachhaltigsten Einfluß ausgeübt und auch heute noch nichts von ihrer litterarischen Bedeutung eingebüßt haben. Gehörte doch der Dichter zu der kleinen, aber muthvollen Schaar Derjenigen, welche in der Zeit der tiefen Erniedrigung ihres Vaterlandes ihre besten Kräfte daran setzten, den gewissermaßen unter der Asche glimmenden Patriotismus zur hellen Flammengluth anzufachen.

Den „Ortis=Briefen" ist dieser Charakter besonders aufgeprägt, welcher also ein wesentliches Unterscheidungsmerkmal bei der Vergleichung zwischen den in Betracht kommenden Dichtungen Foscolo's und Goethe's bildet. Stehen aber nach unserem Gefühle die „Leiden des jungen Werther's" künstlerisch gerade deshalb höher, weil sie jeder Tendenz entbehren, so ist andererseits die Wirkung der „Ortis=Briefe" vor Allem darauf zurückzuführen, daß ihr Verfasser den Gefühlen, von denen seine Landsleute beseelt waren, den ergreifendsten Ausdruck zu geben vermochte.

Wenn Jacopo d'Ortis, hinter dem sich der Dichter selbst verbirgt, nachdem er aus der Nähe der geliebten Teresa entflohen ist, in Ventimiglia die Alpen betrachtet, ruft er klagend aus: „Dies sind, o Italien, deine Grenzen! Aber dieselben werden täglich von allen Seiten durch die hartnäckige Habsucht der Nationen überschritten. Wo sind denn deine Söhne? Nichts mangelt dir, als die Kraft der Einheit. Dann würde ich mein unglückliches Leben ruhmreich für dich opfern: was vermag aber mein einzelner Arm und meine einzelne Stimme? Wo ist die frühere Furcht vor deinem Ruhme? Elende, gedenken wir täglich der

Samosch, Machiavelli.   3

Freiheit und des Ruhms der Ahnen, welche, je heller sie
selbst glänzen, desto mehr unsere verworfene Knechtschaft
offenbaren. Während wir diese hehren Schatten anrufen,
zertreten unsere Feinde die Gräber jener. Und vielleicht
wird der Tag kommen, an welchem wir, unserer Habe,
unseres Verstandes und unserer Stimme beraubt, den Haus-
sclaven der Alten gleichen oder wie die armen Neger verkauft werden. Dann werden wir sehen, wie unsere Herren
die Gräber öffnen und die Asche jener Großen ausgraben
und in alle Winde zerstreuen, um selbst die bloße Erinnerung
zu vernichten; denn heute dient unsere Vergangenheit nur
als Anlaß für unseren Uebermuth, nicht aber, um uns aus
der alten Lethargie zu erwecken. So rufe ich aus, wenn
der Name Italiens meine Brust vor Stolz schwellen läßt,
und ich vergeblich suche, während ich mich nach allen Seiten
wende und mein Vaterland nicht mehr finde."

Sind dies nicht dieselben Klagen, die später in den
flammensprühenden Versen Leopardi's, insbesondere in den
Gesängen: „All'Italia!" und „Sopra il monumento di
Dante" von Neuem ertönten und in den Herzen aller
Italiener den lebhaftesten Widerhall finden mußten, bis
endlich Italien, von der Fremdherrschaft befreit, in unseren
Tagen seine Einheit errungen hat! Von diesem Gesichts-
punkte aus betrachtet, erscheinen die „Ortis-Briefe" in einer
ganz anderen Beleuchtung; schon an dieser Stelle darf aber
darauf hingewiesen werden, daß Ugo Foscolo selbst in
einem am 29. September 1808 an J. S. Bartholdy, den
Verfasser des Werkes: „Das heutige Griechenland und die
Jonische Republik", gerichteten Schreiben in glaubwürdiger
Weise versichert, die Dichtung Goethe's in einer italienischen

Ueberſetzung erſt kennen gelernt zu haben, als er bereits
„den letzten Blick" auf ſein Manuſkript der „Ortis=Briefe"
warf.

Wenn die Letzteren dann unter dem Einfluſſe der
„Leiden des jungen Werther's" einer Umwandlung unter=
zogen wurden, ſo erſtreckt ſich dieſelbe weder auf den In=
halt, noch auf den Styl. Der italieniſche Dichter hatte nur
die Ueberzeugnng gewonnen, daß Goethe durch die Ein=
führung eines Freundes, welchem Werther ſein ganzes Herz
eröffnet, eine ſtrengere Einheit in ſeinem Werke erzielt und
die Aufmerkſamkeit des Leſers ausſchließlich auf die Leiden=
ſchaft des Helden hinlenkt. Dieſe künſtleriſche Idee glaubte
nun Foscolo, ohne ſich eines Plagiats ſchuldig zu machen,
benutzen zu können, und er erfand als Gegenſtück zu dem
Wilhelm der deutſchen Dichtung ſeinen Lorenzo, die einzige,
nicht der Wirklichkeit entlehnte Figur ſeines Werkes. Man
begreift daher, daß die Aehnlichkeit der äußeren Form zahl=
reiche Litteraturhiſtoriker verleiten konnte, auch im Uebrigen
einen directen Zuſammenhang zwiſchen den „Ortis=Briefen"
und den „Leiden des jungen Werther's" anzunehmen. In
dem oben erwähnten Schreiben an Bartholdy führt Ugo
Foscolo aber ſeine Sache ſo ſiegreich durch, daß jeder
Zweifel an der Selbſtſtändigkeit ſeiner Dichtung ausgeſchloſſen
erſcheint.

Ugo Foscolo wurde am 26. Januar 1779 auf der
damals unter venezianiſcher Herrſchaft ſtehenden Joniſchen
Inſel Zante geboren. Nachdem er frühzeitig den Vater
verloren hatte, begab er ſich mit ſeiner Mutter, unter deren

3*

sorgfältiger Leitung er seine erste Erziehung genoß, nach Venedig. In einem Schreiben, welches der Dichter in den letzten Jahren seines Lebens, während seines Aufenthaltes in England, verfaßt hat, giebt er eine knappe autobiographische Skizze, die hier eine Stelle finden mag.

In dem anscheinend an den damaligen englischen Minister des Auswärtigen gerichteten Schreiben — ich entnehme dasselbe dem in der Gesammtausgabe der Werke Foscolo's (Firenze, Le Monnier) enthaltenen dritten Bande des „Epistolario" — heißt es: „Da sowohl die Jonischen Inseln, als auch die Familie seines Vaters Venedig angehörten, ist der Unterzeichnete nach dem Sturze jener Republik als ein Venezianer angesehen worden. Im Jahre 1798 berief er sich auf eine Klausel des Friedensvertrages von Campo Formio, durch welche den lombardischen Unterthanen das Recht gewährt wurde, sich in Venezien unter der österreichischen Regierung niederzulassen, und den Venezianern, nach der Lombardei unter die Herrschaft der neuen Republik zu gehen. Nach jener Zeit diente der Unterzeichnete in der italienischen Armee gegen Oesterreich, und er zog sich nach Genua zurück, als ganz Ober = Italien im Jahre 1799 von den Oesterreichern und Russen besetzt wurde. Er begab sich mit der Armee wieder nach Mailand und wurde, als er sich später weigerte, einen von Bonaparte auferlegten Eid zu leisten, der Regierung verdächtig, so daß er im Jahre 1811 aus dem Königreiche Italien in's Exil nach Florenz geschickt wurde, welche Stadt damals vom französischen Kaiserreiche abhängig war. Als die Oesterreicher im Jahre 1813 das Königreich Italien bedrohten, kehrte der Unterzeichnete zur Armee zurück. Und kaum hatten dieselben

militärischen Besitz von Mailand ergriffen, als er der pro=
visorischen Regierung sein Entlassungsgesuch übersandte,
welches jedoch nicht angenommen wurde. Zu derselben Zeit
wurde von dieser Regierung mit Entschiedenheit ein Treue=
eid von ihm verlangt. Da jedoch von dem damals in Wien
tagenden Kongresse noch nicht entschieden war, ob Mailand
und Venedig oder die Jonischen Inseln dem Kaiser von
Oesterreich gehören sollten, erachtete der Unterzeichnete die
österreichischen Generale in keiner Weise für berechtigt, einen
Treueeid von ihm zu fordern, und er flüchtete nach der
Schweiz. Als er dann als Jonier einen englischen Paß
erhalten hatte, begab er sich nach England, wo er seit dem
Jahre 1816 lebt."

Ugo Foscolo bekundet schließlich in dem Schreiben, das
weder eine Adresse noch ein Datum trägt, seine Absicht,
nach den Jonischen Inseln überzusiedeln, und er bittet die
englische Regierung zu diesem Zwecke um einen Paß, indem
er zugleich das Recht in Anspruch nimmt, sich aus seiner
Heimath nach Griechenland zu begeben, „sei es als Reisender,
sei es als Soldat für die Freiheit Griechenlands."

Dieser Plan gelangte jedoch ebenso wenig zur Aus=
führung, wie der Dichter sein geliebtes Italien, an dem er
mit allen Fasern seines Herzens hing, je wiedergesehen hat.
Er starb am 14. September 1827 zu London im Alter von
achtundvierzig Jahren. Wenn Alfred von Reumont in
seinem vortrefflichen Buche: „Die Gräfin von Albany" den
mit der letzteren innig befreundeten Dichter im Alter von
neunundvierzig Jahren sterben läßt, so erklärt sich dieser
Widerspruch wohl daraus, daß Ugo Foscolo nach seinem
im Archive der Accademia Labronica zu Livorno aufbe=

wahrten Taufscheine am 26. Januar 1778 geboren ist. Dieses
Datum ist jedoch nach dem venezianischen Styl bestimmt
und mit dem 26. Januar 1779 unserer Zeitrechnung identisch.
Die letzten Jahre des Dichters waren reich an Wider=
wärtigkeiten aller Art. Wie Carlo Goldoni beim Verlassen
seiner italienischen Heimath seine beste Kraft einbüßte und
in Paris, nachdem er noch die Komödie „Le bourru bien-
faisant" in französischer Sprache gedichtet hatte, Jahrzehnte
hindurch nur von seinem früheren Ruhme zehrte, so ver=
siegte auch die reiche Begabung Ugo Foscolo's auf aus=
ländischem Boden immer mehr. Liest man in dem „Epistolario" die Briefe, welche der Dichter aus England an seine
italienischen Freunde und Verwandten richtete, so wird man
von tiefem Mitgefühle für denselben ergriffen. „Wenn die
Welt," schreibt Foscolo am 26. Juni 1821 aus London an
seine Schwester, „alle die Bedürfnisse sähe, zu denen mich
das Schicksal, seitdem ich Italien verließ, verurtheilt hat
und verurtheilt; wenn Diejenigen, die mich für reich und
glücklich halten, wüßten, wie ich oftmals nicht für meinen
täglichen Unterhalt zu sorgen vermag — wie ich mir ganze
Tage hindurch das Hirn zermartere, um, gleich einem Hand=
werker, mit meiner Feder zu arbeiten, und Nächte hindurch
wache und seufze, indem ich an meinen gegenwärtigen Zu=
stand, sowie an das Alter und die Krankheit denke, die
immer näher heranrücken und mich elend, aller Hülfsmittel
entblößt, an Körper und Geist geschwächt und zum Studium,
wie zur Arbeit unfähig finden werden — und wie ich zu
gleicher Zeit nicht schlafen kann, weil ich an dich und an
die unglückliche Lage denke, für welche du bestimmt bist,
ohne daß ich dir, wie ich wollte und auch müßte, zu helfen

vermag — o, wie sehr würden dann die Freunde, welche jetzt mein vermeintliches Glück preisen, wie bald würden die Feinde, die Miene machen, mich zu beneiden, enttäuscht werden!"

Und dennoch war es kein verfehltes, sondern ein reich mit Früchten gesegnetes Leben, welches der Dichter, fern von der Heimath, in so trauriger Weise abschloß. Hätte Ugo Foscolo selbst nur die „Ortis=Briefe" geschrieben, so wäre seinem Namen in der Weltlitteratur doch die Unver= gänglichkeit gesichert. In den Poesien: „Dei Sepolcri" und „Le Grazie" schuf er dann Meisterwerke von künstlerisch vollendeter Form, die an die besten klassischen Muster erin= nern und dadurch einen noch höheren Werth erhalten, daß in ihnen eine Fülle origineller Gedanken ausgeprägt ist. Freilich läßt er sich zuweilen verleiten, von dem mytholo= gischen Apparate, den er in vollem Maße beherrscht, einen allzu ausgiebigen Gebrauch zu machen, und er wird nicht selten unklar: ein Mangel, der nicht blos den Dichtungen, sondern auch dem Character Ugo Foscolo's eignet und wesentlich zur Trübung seiner Lebensverhältnisse beige= tragen hat.

Mag diese Unklarheit immerhin eine Folge der persön= lichen und politischen Verhältnisse sein, unter deren Herr= schaft der Dichter stand, so erleiden seine Werke doch dadurch eine starke Einbuße, während „sein Characterbild, von der Parteien Gunst und Haß verwirrt, in der Geschichte schwankt". Wie die Einen nach dem Beispiele Maz= zini's ihn zum Märtyrer seines geknechteten Vaterlandes machen wollen, unterschätzen die Andern den Einfluß, welchen die jähen politischen Wechselfälle auf das erregbare Gemüth

Ugo Foscolo's ausübten. Hatte derselbe zunächst Napoleon Bonaparte als den Befreier Italiens begrüßt und seinen Gefühlen in der Ode: „Bonaparte Liberatore" Ausdruck gegeben, so mußte ihn der Abschluß des Friedens von Campo Formio, durch welchen die Republik Venedig ihrer Unabhängigkeit beraubt wurde, doch bald belehren, wie entfernt die Wirklichkeit von dem erträumten Ideale läge.

❧

Ugo Foscolo hatte kurz vor dem Abschlusse des Friedens von Campo Formio in Padua seine Studien beendet; er hatte seine erste Tragödie „Tieste" gedichtet, die er am 22. April 1797 dem „Tragico dell' Italia", Vittorio Alfieri, übersandte, sowie den ersten Entwurf der „Ortis = Briefe" niedergeschrieben. Dieser Entwurf, unter dem Eindrucke verfaßt, welchen der Selbstmord eines Paduaner Studenten, Jacopo Ortis aus Friaul, auf den Dichter gemacht hatte, enthielt allerdings im Wesentlichen nur Betrachtungen über den Selbstmord, welche zum Theil der Lektüre des Tacitus entsprangen. Als Ugo Foscolo dann nach dem Frieden von Campo Formio sich nach Toskana begab, lernte er daselbst Isabella Roncioni kennen, das Urbild der Teresa der „Ortis = Briefe". Letztere erhielten nun eine Erweiterung, indem der Verfasser die Liebesepisode hinein verwebte, die zwischen ihm und Isabella Roncioni sich abspielte und später durch die Vermählung seiner Angebeteten mit dem Marchese Bartolommei zum Abschlusse gelangte.

Das „Epistolario" enthält einen Brief, welcher, im Jahre 1799 geschrieben, beredtes Zeugniß für den Schmerz

und die Verzweiflung des Dichters ablegt. „Meine Pflicht,"
schreibt er an Isabella Roncioni, „meine Ehre und vor
allem mein Schicksal befehlen mir, abzureisen. Ich werde
vielleicht zurückkehren; falls die Leiden und der Tod mich
nicht für immer von diesem heiligen Boden entfernen, werde
ich dann wieder die Luft athmen, welche Du athmest, und
meine Gebeine dem Lande anvertrauen, wo Du geboren
bist. Ich hatte mir vorgenommen, Dir nicht mehr zu
schreiben und Dich nicht mehr zu sehen. Aber .... Ich
werde Dich nicht wiedersehen, nein. Dulde nur diese letzten
zwei Zeilen, welche ich mit den heißesten Thränen benetze.
Lasse mich für alle Zeiten und an jedem Orte Dein Bild
besitzen. Wenn ein Gefühl der Freundschaft und des Mitleids in Dir für mich Unglücklichen spricht .... so ver-
weigere mir nicht den Gefallen, der alle meine Schmerzen
aufwiegen würde. Jener glückliche Jüngling, der Dich liebt,
wird es Dir selbst gestatten .... Wenn ich sterbe, will
ich Dir dann meine letzten Blicke zuwenden, meinen letzten
Seufzer an Dich richten und Dich mit mir in's Grab
nehmen, mit mir .. indem ich Dein Bild auf meiner Brust
trage .... —"

In Florenz gestaltete sich andererseits durch die großartige Vergangenheit, durch die reizvolle Umgebung der
Stadt die Phantasie des Dichters schöpferischer, und man
kann in seinen Werken leicht den Spuren nachgehen, welche
auf den Aufenthalt in der Vaterstadt Dante's und Machiavelli's zurückweisen. Wie in den „Ortis-Briefen" gedenkt
Ugo Foscolo auch in der Dichtung „Dei Sepolcri" der
großen Männer, welche in der Kirche Santa Croce zu
Florenz, dem Pantheon Italiens, ihre letzte Ruhestätte

gefunden haben. „In der Nähe dieser Marmorbilder,"
schreibt Ortis an seinen Freund Lorenzo, „glaubte ich von
neuem in jenen glühenden Jahren meiner Vergangenheit
zu leben, in denen ich über den Schriften der großen
Männer meine Nächte zubrachte und mittelst der Ein-
bildungskraft mir den Beifall der zukünftigen Geschlechter
vorgankelte. Doch dies sind jetzt zu hohe Dinge für mich
— und vielleicht Thorheiten. Mein Geist ist verblendet,
die Glieder wanken, und mein Herz ist bis auf den Grund
zerstört."

Dies war auch die Gemüthsstimmung, in welcher Ugo
Foscolo im Jahre 1799 aus Florenz schied, um sich nach
Mailand zu begeben und in den Dienst der cisalpinischen
Republik zu treten. Er fand in der italienischen Armee
Aufnahme, betheiligte sich an verschiedenen Kämpfen und
versuchte zugleich, in der cisalpinischen Republik eine politische Rolle zu spielen. Der neuen Auflage seiner Ode:
„Bonaparte Liberatore" schickte er einen Brief voraus, in
welchem er den General aufforderte, der von ihm geschaffenen
Republik die Freiheit, sowie Europa den Frieden wieder
zu geben, damit die Nachwelt jenen Vertrag von Campo
Formio vergäße, durch welchen Venedig verkauft, das Miß-
trauen der Nationen erregt und die Würde Bonaparte's
geschmälert wurde. Noch entschiedener betonte Foscolo
seine Ansichten, als im Jahre 1802 die cisalpinische Republik in eine italienische umgewandelt wurde, an deren
Spitze Napoleon Bonaparte als Präsident trat.

In beredten Worten schilderte damals der Dichter die
Noth seines Vaterlandes, welches durch die vom Directorium
aufgezwungene Verfassung in Verfall gerathen sei. In

dieser an den Präsidenten gerichteten Ansprache, die jedoch
nicht, wie oft angenommen wird, auf den Lyoner Comitien
gehalten wurde, heißt es unter anderem: „Soll das cis=
alpinische Volk einst ausrufen: Weshalb, statt uns zu sturm=
bewegter, vergänglicher Freiheit zu ⸗erwecken, hast du uns
nicht im Schlummer unserer alten Knechtschaft gelassen?"
Fügt man nun diese patriotischen Aufwallungen, den tiefen
Schmerz über den Verlust der Geliebten, die durch den frei=
willigen Tod des Jacopo Ortis hervorgerufenen Be=
trachtungen über den Selbstmord, sowie die auf der Reise
durch Toskana und Ober = Italien gewonnenen Anschauungen
zusammen, so sind die Elemente gegeben, aus denen der
epochemachende Roman Ugo Foscolo's besteht, während der
Einfluß Goethe's, wie bereits hervorgehoben wurde, sich
nur in der äußeren Form kundgiebt.

Im Jahre 1802 übersendet der Dichter die „Ortis=
Briefe" „dem ersten Italiener" („Al Primo Italiano"),
Vittorio Alfieri, sein kleines Buch als die Frucht von drei
Jahren des Unglücks und des Exils bezeichnend. Als Ugo
Foscolo dann in den Jahren 1804 und 1805 mit einem
Theile der unter französischer Botmäßigkeit stehenden
italienischen Armee durch das nördliche Frankreich und
Flandern zog, mußte sein patriotischer Groll gegen Napoleon
Bonaparte, der alle von den Italienern auf ihn gesetzten
Hoffnungen täuschte, mit jedem Tage wachsen. Auch jetzt
wieder suchte der Dichter Trost bei der Poesie, indem er
seine Schmerzen in den schwermüthigen Versen des seinem
Freunde Jppolito Pindemonte gewidmeten „Carme dei
Sepolcri" austönen ließ.

Dieses im Jahr 1807 zuerst veröffentlichte Gedicht

athmet nicht blos in der Form, sondern auch im Inhalte
den edelsten, klassischen Geist, mit dem sich Ugo Foscolo
durch eifriges Studium der vorzüglichsten griechischen und
römischen Schriftsteller in vollem Maße vertraut gemacht
hatte. Wie in den „Ortis-Briefen" ist auch in dem „Carme
dei Sepolcri" die Tendenz darauf gerichtet, den Patriotismus der Italiener zu mannhafter That zu erwecken.

> „In Edlem spornen an der Tapfern Gräber
> Ein tapfres Herz, o Pindemonte; schön
> Und herrlich machen sie dem Wanderer
> Die Erde, die sie birgt . . ."

In diesen Worten hat der Dichter am knappsten die
seinem „Carme dei Sepolcri" zu Grunde gelegte Idee
ausgeprägt, indem er noch auf das Beispiel der in Santa
Croce zu Florenz ruhenden großen Männer Italiens hin-
weist. Auch Vittorio Alfieri, dem Ugo Foscolo bereits in
den „Ortis-Briefen" seine Huldigung dargebracht hatte,
war inzwischen, am 8. October 1803, aus dem Leben
geschieden und neben Machiavelli und Michel Angelo bestattet
worden, so daß er in dem „Gedichte von den Gräbern"
gleichfalls seinen Landsleuten als leuchtendes Vorbild dargestellt wird.

Von dem italienischen Boden geleitet uns der Dichter
nach den Gefilden von Marathon zu dem Grabe der Athener,
die dort im Kampfe wider die Perser fielen; er gedenkt
ferner der Sage, nach welcher der dem Odysseus durch
ungerechten Spruch zuerkannte Schild des Achilles dem
schiffbrüchigen Laertiaden wieder geraubt und dem Grabe
des Ajax zugeführt wurde; denn „dem Großgesinnten gönnt

ihr gerechtes Ruhmestheil der Tod", und der Götter Huld
sichert, wie die trojanischen Helden beweisen, einem stolzen
Namen selbst im Unglück die Unsterblichkeit. So schließt
das Gedicht Ugo Foscolo's mit den Versen:

„Dann wird man, Hektor, dich mit Thränen ehren,
Wo Blut, für's Vaterland vergossen, heilig
Noch gilt und werth der Thränen, und so lange
Die Sonne niederblickt auf Menschenleid."

Seltsam erscheint, daß Ugo Foscolo, über dessen Poesien
ein Hauch der Melancholie ausgebreitet ist, während seines
Aufenthaltes in Nord=Frankreich auch an einer Uebersetzung
von Lorenz Sterne's: „Empfindsame Reise" emsig arbeitete.
Sind doch der englische und der italienische Dichter wenig
kongeniale Naturen. Ugo Foscolo vermag an den Dingen
zumeist nur die düstere Seite wahrzunehmen, ihm erscheinen
die Thränen des Mitleids, welche der englische Humorist
vergießt, als das Hauptsächliche; denn „jede Thräne lehrt",
wie der italienische Uebersetzer in der Vorrede hervorhebt,
„die Sterblichen eine Wahrheit".

Eine Wahlverwandtschaft besteht zwischen den beiden
Dichtern nur insofern, als ihre Schriften, wohl nicht ganz
ohne Absicht, in einer Art Halbdunkel gehalten sind, wodurch
das Verständniß einigermaßen erschwert wird. So schickt
Didimo Chierico — unter diesem Pseudonym veröffentlicht
Ugo Foscolo seine Uebersetzung der „Empfindsamen Reise"
— der Vorrede noch eine von ihm selbst verfaßte „Notiz
über Didimo Chierico" voraus, die sich eben so sehr durch
geistvolle Betrachtungen über italienische Litteratur aus=
zeichnet, wie sie an zahlreichen Stellen verschiedene Deutungen
zuläßt.

Erwähnt zu werden verdient noch, daß Foscolo seiner
Uebersetzung eine Reihe orientirender Noten hinzugefügt,
sowie unter anderem auch dadurch ein gewisses Localcolorit
gegeben hat, daß er das bekannte Fragment, in welchem
ein Notar im Begriffe steht, das seltsame Lebensschicksal
eines französischen Edelmannes niederzuschreiben, in anti=
quirter Sprache übersetzt, gerade wie das von Sterne in
modernes Englisch übertragene Original im Stile Rabelais'
verfaßt war. Der englische Humorist hat in diesem Frag=
mente das Interesse des Lesers bis zum Aeußersten zu erregen
verstanden, und sein Effect besteht darin, daß er die Er=
zählung gerade im Augenblicke der höchsten Spannung jäh
abbricht. Durch die feierliche Form, in welche Ugo Foscolo,
einem Hinweise Sterne's folgend, das seltsame Fragment
kleidet, wird nun der Contrast nach unserem Gefühle noch
wirksamer, so daß der Uebersetzer hier in der That einer
genialen Eingebung gefolgt ist.

❧

Als Ugo Foscolo im Jahre 1805 nach Italien zurück=
kehrte, nahm er zunächst seinen Aufenthalt in Mailand, bis
ihm im Jahre 1808 der Lehrstuhl der Beredtsamkeit an der
Universität Pavia übertragen wurde. Eine Reihe litterari=
scher Arbeiten bezeichnete die Lehrthätigkeit des Dichters,
der zugleich den Plan seiner zweiten Tragödie „Ajace" in
sich reifen ließ. Sobald die letztere aber zur Aufführung
gelangte, wurden darin so zahlreiche Anspielungen auf Na
poleon gefunden, daß Ugo Foscolo, der inzwischen auch
seinen Lehrstuhl wieder eingebüßt hatte, genöthigt war, die

Lombardei zu verlassen und sein Glück in Florenz zu ver=
suchen. Hier machte er die Bekanntschaft der Gräfin
von Albany, der Herzensfreundin Vittorio Alfieri's, in deren
Hause er die mannigfachsten poetischen Anregungen erhielt.
In dem Kreise anmuthiger Frauengestalten, welche die Gräfin
von Albany um sich versammelte, begegnete der Verfasser
der „Ortis=Briefe" auch seiner Jugendgeliebten wieder, der
Marchesa Isabella Bartolommei, die er dann nochmals in
dem Gedichte „Le Grazie" verherrlichte. Freilich mußte
dieselbe nunmehr die Ehre, von Ugo Foscolo besungen zu
werden, mit zwei anderen Vertreterinnen der Anmuth
theilen, wenn anders der Dichter nicht aller klassischen My=
thologie widersprechen wollte.

Wie in dem „Carme dei Sepolcri" wechselt auch in
dem Gedichte: „Die Grazien" der Schauplatz, so daß wir
bald nach den Gestaden Griechenlands, bald auf die Florenz
umsäumende Hügelkette, bald zu den spiegelhellen Seen
Ober = Italiens entführt werden. Leider ist diese von klas=
sischem Hauche durchwehte Dichtung, deren erster Gesang
unter anderem einen begeisterten Lobhymnus auf die Hei=
mathsinsel des Dichters „Zacinto" enthält, unvollendet ge=
blieben. Während derselbe aber die Grazien feiert, kann er
doch nicht umhin, seinen patriotischen Beklemmungen Aus
druck zu geben, zu denen die sein Vaterland schwer
bedrückenden Kriegsnöthe Anlaß bieten. „O Italien,"
ruft er klagend aus, „möchte ich Diejenigen wenigstens
nicht sehen, welche unbeerdigt auf deinen Gefilden zerstreut
liegen."

Im zweiten Gesange geleitet uns Ugo Foscolo zunächst
nach dem Hügel von Bellosguardo, woselbst er während

seines Aufenthaltes in Florenz dasselbe Landhaus bewohnte, von dem aus Galilei einst den Lauf der Gestirne beobachtet hatte. Die begeisterte Naturschilderung, welche der Dichter von der Umgebung der Hauptstadt Toskana's entwirft, bekundet deutlich, wie er daselbst noch glückliche Tage zuge= bracht hat, vielleicht die letzten seines Lebens. Sein unruhiges Temperament ließ ihn jedoch nicht lange in Toskana ver= weilen. „Ich muß auf alle Fälle abreisen," schreibt er der Gräfin von Albany am 15. Juli 1813, „weil man nicht Kosmopolit sein kann; und wer sich andererseits nicht Bürger eines bestimmten Landes zu nennen vermag, hat gegenwärtig in jedem Winkel Europa's einen schwierigen Stand." Wenige Tage darauf kehrte er nach Mailand zurück, ohne, wie er gehofft hatte, das Gedicht „Die Grazien" vollenden zu können. Dagegen hatte er seine Tragödie „Ricciarda" zum Abschlusse gebracht, die am 17. September 1813 in Bologna mit zweifelhaftem Erfolge zur ersten Aufführung gelangte. Die poetische Begabung des Dichters lag eben auf einem anderen Gebiete, als dem tragischen. Während er sich rühmen durfte, in den Gesängen „Dei Sepolcri" und „Le Grazie" lyrische und epische Poesie zu einer neuen Kunstgattung verschmolzen zu haben, versagte seine Muße jedes Mal, wenn es galt, den Dolch Melpomene's zu zücken.

In Mailand wurde Ugo Foscolo bald wieder von der Sehnsucht nach Toskana und nach dem Kreise der Freundinnen verzehrt, deren Mittelpunkt die Gräfin von Albany bildete. Im September 1813 kehrte er nach Florenz zurück, aber er vermochte es nur wenige Wochen jenseit der Apenninen auszuhalten; drängten doch die politischen Ereignisse zur Katastrophe, und er hielt es, wie er am 19. October 1813

an den Grafen Giambattista Giovio schreibt, für geboten,
„mit seinem Vaterlande zu fallen und in Gemeinschaft mit
allen seinen Mitbürgern zu Grunde zu gehen".

Wenige Wochen vorher, am 28. September 1813, hatte
er demselben Freunde geschrieben: „Wer Ehrfurcht für die
Ahnen und liebevolle Fürsorge für die Nachkommen hegt,
wird wenigstens die gute Absicht meiner langen Bemühungen
loben: und dieses Lob wiegt mir den Tadel auf, der durch
klägliche, sich selbst verzehrende, kleinliche Leidenschaften ver-
anlaßt wird. So habe ich, um die gegenwärtige Litteratur
unseren Enkeln so makellos, als möglich, zu hinterlassen, mich
vielleicht thörichter Weise in das mare magnum des Be-
truges und der Charlatanerie versenkt, gegenüber meinen
Schulmeistern, die mit ihren Büchern Handel treiben, sowie
an Geist, Herz und Ehre verkommen sind. Wenn aber
dereinst das wahre Italien kommt, so werde ich einen mit-
leidigen Richter finden."

Als die Oesterreicher im Mai 1814 in Mailand ein-
rückten, befand sich Ugo Foscolo zu Bologna in militärischer
Stellung. In dieser verblieb er auch eine Zeit lang, bis die
neue Regierung einen Treueeid von ihm verlangte. Der
Dichter glaubte denselben nicht leisten zu können und flüchtete
aus Mailand, wo er sich während der letzten Monate auf-
gehalten hatte, heimlich nach der Schweiz. Es war ihm nicht
beschieden, sein Vaterland wiederzusehen. Rührend und
ergreifend ist der Brief, in welchem er am 31. März 1815
von seiner Familie Abschied nimmt. „Meine Ehre und mein
Gewissen," schreibt er unter anderem, „verbieten mir, einen
Eid zu leisten, welchen die gegenwärtige Regierung verlangt,
um mich zum Dienste in der Miliz zu verpflichten, für welche

Samosch, Machiavelli.   4

meine Beschäftigung, mein Alter und meine Interessen mir
allen Beruf benommen haben. Ueberdies würde ich meinen
bisher unbefleckten Character verrathen, wollte ich Dinge
beschwören, die ich nicht halten kann, und mich an irgend=
welche Regierung verkaufen."

Es waren trübe Jahre, welche den Dichter der „Ortis=
Briefe" im selbstgewählten Exile erwarteten. Freilich schuf er
in dieser Zeit noch werthvolle litterarhistorische Arbeiten,
wie den „Discorso sul testo della Commedia di Dante".
Aus allen Briefen aber, welche Ugo Foscolo während seines
langjährigen Aufenthaltes im Auslande, insbesondere in
England, an die italienischen Freunde schrieb, tönt immer
die Klage um das verlorene Vaterland wieder.

So ist es denn nicht zufällig, wenn gerade der große
Florentiner auf den Dichter der „Ortis=Briefe" in dessen
letzten Lebensjahren eine besondere Anziehungskraft ausübte.
In Dante verehrte Ugo Foscolo, wie er in der Vorrede
des erwähnten „Discorso" hervorhebt, nicht blos sein Vor=
bild in der Sprache und Poesie, sondern auch in der Vater=
landsliebe und in der Standhaftigkeit, mit welcher er das
Exil ertragen muß. Wie der Dichter der „Divina Commedia"
ist auch Ugo Foscolo in der Verbannung gestorben. Das
geeinigte Italien aber trug eine Ehrenschuld an den Dichter
ab, indem es dessen sterbliche Ueberreste von dem Friedhofe
von Chiswick bei London auf vaterländischen Boden über=
führen ließ und in Santa Croce zu Florenz bestattete. Dort
ruht er in der Nähe der Männer, an deren Denkmälern er
oft in andächtiger Bewunderung geweilt, und deren Werke
ihn selbst zu unsterblichen Poesien begeistert hatten.

IV.

Giovan Battista Niccolini.

In der florentiner Kirche Santa Croce, dem Ruhmes-
tempel Italiens, fand am 20. September 1883, dem
Gedenktage des Einzuges der Italiener in Rom und zugleich
dem Todestage des italienischen Tragödiendichters Giovan
Battista Niccolini, die Enthüllung des demselben geweihten
Denkmals statt. Ist es auch nur ein Spiel des Zufalls,
daß die beiden Gedenktage zusammentreffen, so dürfen die
Italiener doch mit Fug darauf hinweisen, daß Giovan
Battista Niccolini, der Dichter des „Arnaldo da Brescia",
von der Schaubühne herab die Einheit Italiens auf's unab-
lässigste gefordert und in gewissem Sinne vorbereitet hat, so
daß die vom Dichter ausgestreute Saat längst herangereift
war, als die Truppen Victor Emanuel's II. durch die
Bresche der Porta Pia in die ewige Stadt einzogen. Dieselben Gefühle, welche das, wie alljährlich, am 20. Septem-

4*

ber 1883 im Pantheon zu Rom am Grabe Victor Emanuel's
versammelte Volk beseelten, führten auch die Florentiner,
sowie zahlreiche Deputationen aus ganz Italien zum Grab»
male ihres ausgezeichneten Dichters.

Freilich ist Giovan Battista Niccolini bereits seit dem
21. September 1861 in Santa Croce bestattet; eine ein»
fache in den Fußboden eingelassene Gedenktafel mit dem
Namen des Dichters verkündete ~~aber nur~~ Jahrzehnte hin»
durch dessen Ruhestätte. Er war im rechten Seitenschiffe
in der Nähe von Ugo Foscolo bestattet, während sich gleich»
falls unweit das Grabdenkmal Vittorio Alfieri's und das»
jenige Niccolò Machiavelli's mit der Inschrift: „Tanto
nomini nullum par elogium" erheben. Das Monument,
welches dem Dichter des „Arnaldo da Brescia" errichtet
worden ist, befindet sich im Mittelschiffe unmittelbar an der
Hauptthür der Kirche; zugleich sind die sterblichen Ueberreste
Niccolini's mehr in die Nachbarschaft von Galileo Galilei
und Michel Angelo gerückt, von denen dieser vorn im rechten
Seitenschiffe, jener an der gegenüberliegenden Stelle des
linken Seitenschiffes ruht.

Niemand hat den tiefen Eindruck, welchen wir beim
Besuche der Kirche Santa Croce empfangen, so ergreifend
zu schildern vermocht, wie Byron, wenn es im Canto IV.
von „Childe Harold's Pilgrimage" heißt:

> „— here repose

Angelo's, Alfieri's bones, and his,

The starry Galileo with his woes;

Here Machiavelli's earth return'd to whence it rose."

„Der Sternen = Galilei und sein Gram;

Hier kehrt auch Machiavell zum Staub, woher er kam."

Daß Giovan Battista Niccolini, welcher dem Papstthume die beißendsten Epigramme anheftete, an geweihtem Orte in der Nähe Galilei's, des von der römischen Hierarchie unerbittlich verfolgten Märtyrers der Wissenschaft, seine letzte Ruhestätte gefunden hat, ist eine Ironie, welche in der Weltgeschichte so häufig vorkommt. Es empfiehlt sich aber, ein Lebensbild des Mannes zu entwerfen, der neben Vittorio Alfieri als der hervorragendste italienische Tragödiendichter unseres Jahrhunderts gilt.

Ueber das Geburtsjahr Giovan Battista Niccolini's herrscht unter den Litteraturhistorikern Meinungsverschieden= heit; einige bezeichnen 1782, andere 1784 oder 1785 als dieses Jahr. Nach dem von Vannucci in den „Ricordi della vita e delle opere di G. B. Niccolini" (Firenze, Le Monnier) angeführten Taufscheine des Dichters kann es jedoch keinem Zweifel mehr unterliegen, daß er am 29. October 1782 im Bade San Giuliano bei Pisa geboren ist. Sein Vater, Ippolito Niccolini, gehörte ebenso, wie seine Mutter, Settimia da Filicaia, einem alten florentiner Patriziergeschlechte an, das allerdings weniger mit Glücks= gütern gesegnet war, als zahlreiche Ahnen anfwies, so daß die Familie nach dem Tode des Vaters mit harten Be= drängnissen ringen mußte.

Mit ausgezeichneten Eigenschaften des Characters und des Geistes ausgestattet, wußte die Mutter Giovan Battista's in diesem schon frühzeitig patriotischen Sinn und die Liebe für die Poesie zu pflegen. Stammte sie doch selbst von jenem Vincenzo da Filicaia ab, der in dem berühmten So= nett „Italia, o Italia" das Unglück des von den Fremden unterjochten Vaterlandes beklagt und seinen Landsleuten

den Spiegel ihres Verfalls vorgehalten hatte. Jst es aber
von hohem Werthe, den Spuren nachzugehen, welche auf
die geistige Entwickelung eines ausgezeichneten Dichters hin-
deuten, so muß die Unterweisung, welche Niccolini durch
seine Mutter erhielt, sehr wesentlich erscheinen.

Mit treuer Anhänglichkeit bewahrte denn auch der
Dichter den von Filicaia selbst niedergeschriebenen ersten
Entwurf des erwähnten Sonetts, das heute noch in Italien
als Muster patriotischer Poesie angesehen wird. Es kann
daher nicht überraschen, daß Niccolini bereits in jungen
Jahren Proben einer unleugbaren poetischen Begabung
ablegte, und es ist für sein hohes Streben bezeichnend,
daß eine seiner ersten Dichtungen den „Gräbern der großen
Italiener in Santa Croce" gewidmet war. Als er
diese Terzinen schrieb, ahnte er sicherlich nicht, daß es
ihm selbst einst beschieden sein würde, in die Gemeinschaft der „grandi Italiani di Santa Croce" aufgenommen
zu werden.

In Pisa studirte Niccolini die Rechtswissenschaft; die
politische Umgestaltung, welche Toskana in Folge der französischen Revolution erfahren hatte, veranlaßte aber den
Dichter, an der politischen Bewegung theilzunehmen. Als die
Anhänger des alten Systems die neuen Einrichtungen wieder
beseitigen wollten, wurde Niccolini im April 1799 von der
Studentenschaft Pisa's in die Deputation gewählt, welche von
der Behörde Waffen fordern und für die thatkräftige Unter-
stützung von Seiten der Studenten Bürgschaft leisten sollte.

Neben der Politik nahm die Litteratur das Interesse
des Dichters in Anspruch, was jedoch nicht verhinderte, daß
er im Jahre 1802 als Doktor der Rechte nach Florenz

zurückkehren konnte, wo er demnächst eine Anstellung im Archive und später als Professor der Geschichte und Mytho= logie an der Akademie der schönen Künste erhielt. In jene Zeit fällt auch das Freundschaftsbündniß Niccolini's mit Ugo Foscolo, der ihm bereits im Jahre 1803 einige seiner Poesien gewidmet hatte.

Leider sollte dieses Bündniß nicht ungetrübt bleiben; ein niemals auch nur um Haaresbreite von den als richtig erkannten Grundsätzen abweichender Character, konnte Nic= colini es dem Dichter der „Letzten Briefe des Jacopo Ortis" nicht verzeihen, daß er anscheinend eine Annäherung an die fremden Unterdrücker versuchte. Allerdings haben spätere Untersuchungen Foscolo's Verhalten in einem anderen Lichte erscheinen lassen, so daß Niccolini zu seiner großen Genugthuung das strenge Urtheil über den Freund zurück= nehmen konnte.

Wie die Oesterreicher, fanden auch die Franzosen, als sie sich die Herrschaft über Italien anmaßten, in Niccolini einen erbitterten Gegner, welcher mit schneidiger Satire darüber spottete, daß die Franzosen, nachdem sie Italien seiner Kunstschätze beraubt und dem Lande „aus Gnade" seine Sprache gelassen hatten, in Wirklichkeit jede freie Meinungsäußerung unterdrückten und jede Anspielung der Journale auf das fremde Joch streng ahndeten. In der politischen Tragödie „Nabucco" hat dann der Dichter in allegorischer Form die Katastrophe geschildert, von welcher Napoleon betroffen wurde; Niccolini unterläßt aber nicht, auf die welthistorische Bedeutung des Korsen hinzuweisen.

◆

Ehe Niccolini ihren Stoff der italienischen Geschichte
entlehnende Dichtungen auf die Schaubühne brachte, übte er
sein Talent durch die Uebersetzung griechischer Tragödien;
hatten doch die Trauerspiele des Aeschylus auf den italienischen
Dichter von Anfang an eine große Anziehungskraft aus=
geübt. So verdanken auch die selbstständigen Werke „Po=
lissena", „Medea", „Edipo" ihre Entstehung dem Interesse,
welches Niccolini für den griechischen Sagenkreis hegte.
Den ersten großen Erfolg bezeichnete aber die Aufführung
des Trauerspiels „Antonio Foscarini", durch welches der
Ruhm des Dichters begründet wurde. Derselbe erwies hier
zugleich seine große Begabung, die Geschichte zweier unglück=
lich Liebenden mit der Schilderung der Sitten und der poli=
tischen Zustände Venedigs in organischen Zusammenhang
zu bringen. Wenn das Gemälde der in der Lagunenstadt
geheimnißvoll, unerbittlich und grausam waltenden Inqui=
sition den großen Hintergrund des Trauerspiels bildet, so
war dessen moralischer Zweck, wie Vannucci betont: En=
thusiasmus für die Ehre zu erwecken, welche dem Leben
allein Werth verleihen kann. Dieses Ehrgefühl bildet denn
auch die Richtschnur für alle Aeußerungen und Handlungen
des Helden, der schließlich im Kampfe gegen die grausamen
Einrichtungen seines Vaterlandes erliegen muß. Am 8. Fe=
bruar 1827 gelangte „Antonio Foscarini" in Florenz zum
ersten Male und demnächst in allen größeren Städten
Italiens zur Darstellung.

Wie sehr die Tragödie aber auch durch ihre Charaktere
und durch die Leidenschaften, von denen sie beseelt werden,
die Zuschauer fortriß, verdankte Niccolini doch einen Theil
seines großen Erfolges der ausgezeichneten Durchführung

der weiblichen Hauptrolle der Teresa. Maddalena Pelzet war die hervorragende Künstlerin, welche, mit dem Dichter durch ein inniges Freundschaftsverhältniß verbunden, dessen dramatische Gebilde am treuesten zu verkörpern wußte, so daß er ihr gelegentlich schreiben konnte: „Ich gedenke, neue Schlachten zu liefern, und Sie sind mein General."

Für den Biographen Niccolini's sind die Briefe, welche dieser an seine Freundin gerichtet hat, von unschätzbarem Werthe; dieselben spiegeln nicht blos das intime Leben ihres Verfassers deutlich wieder, sondern enthalten auch das künstlerische Glaubensbekenntniß des Dichters. Letzteres wird in einem für die Beurtheilung Niccolini's ungemein wichtigen Schreiben vom 28. November 1827 — Maddalena Pelzet spielte damals in Parma — wie folgt, zusammen= gefaßt: „Ich weiß, wie schwierig es ist, für die Italiener Tragödien zu schreiben. Entfernt man sich auch nur ein wenig von dem Conventionellen, das mit dem Namen Regeln bezeichnet wird, so wird man von den Klassikern angefallen; befolgt man aber diese Regeln, so hat man die Romantiker wider sich und erregt bei den Zuschauern Gähnen. Auch wird man dann Verkäufer von aufgewärmtem Kohl und Nachahmer Alfieri's genannt. Das gegenwärtige Jahr= hundert verlangt nach meinem Dafürhalten eine Tragödie, welche von der englischen und von der französischen ver= schieden ist; wer wird aber so glücklich sein, diese Tragödie zu finden und die Gewohnheiten des Publikums zu besiegen, welches keine Trauerspiele jenseits derjenigen Alfieri's erblickt? Alle von dort gegen mich erhobenen Anschuldigungen rühren von den Vorurtheilen her, welche in Frankreich selbst, dem man sie verdankt, verspottet werden. Wollten Sie in Paris

von der Einheit des Ortes und bis zu einem gewissen
Punkte auch von der Einheit der Zeit sprechen, so würden
Ihnen Alle in's Gesicht lachen . . . Was den Vers betrifft,
so glaube ich, daß die Harmonie desselben mit der Kraft in
Uebereinstimmung gebracht werden kann: ich berufe mich
auf das Beispiel Dante's, und wie ich mich immer von
Alfieri's Styl ferngehalten habe, will ich mich auch in Zukunft stets noch mehr von diesem Style fernhalten, den ich,
unter uns gesagt, fast immer für schlecht halte. Hinsichtlich
dieses Punktes fangen alle Gelehrten Italiens bereits an,
anderer Meinung, wie früher, zu werden: aber die Vorurtheile sind Kleider, welche, nachdem sie von den Herren
abgelegt worden sind, dem gewöhnlichen Volke noch für
lange Zeit dienen. Deshalb höre ich nicht auf, dafür zu
halten, daß Alfieri ein großer Mann ist; aber der Aberglaube ist nicht einmal Gott gegenüber gut, geschweige denn
gegenüber den Menschen."

Die von Niccolini in diesem Schreiben entwickelten Ansichten bieten viel Zutreffendes; wenn er jedoch die künstlerische Eigenart Vittorio Alfieri's bemängelt und zu einer
Parallele zwischen ihm und dem Dichter des „Saul" und
der „Mirra" herausfordert, so darf nicht in Abrede gestellt
werden, daß der letztere uns für die seinen Tragödien
unleugbar anhaftenden Härten der Sprache durch poetische
Vorzüge entschädigt, die man in den Werken Niccolini's
vergebens in demselben hohen Maße suchen würde.

Durch psychologische Vertiefung der Charaktere, durch
ergreifende, dramatische Effecte übertrifft Vittorio Alfieri
den Dichter des „Arnaldo da Brescia", während Niccolini
andererseits das patriotische Gefühl rascher zum Enthusiasmus

anzufachen vermag und deshalb volksthümlicher geworden
ist. Bezeichnend für den Dichter ist denn auch die Wahl
der Stoffe: „Giovanni da Procida", „Lodovico Sforza",
„Filippo Strozzi", „Arnaldo da Brescia" — alle diese
Trauerspiele legen ebenso, wie „Antonio Foscarini", Zeug=
niß dafür ab, daß Niccolini vor allem ein nationaler Dichter
genannt werden muß.

Als „Giovanni da Procida" im Jahre 1830 zuerst in
Florenz aufgeführt wurde, machte dieses Trauerspiel, dessen
historischen Hintergrund die sicilianische Vesper bildet, einen
so gewaltigen Eindruck, daß der französische Gesandte sowohl,
als auch der österreichische das Verbot weiterer Vorstellungen
verlangte und durchsetzte. War es doch offenkundig, daß
die in dem Stücke gegen Karl von Anjou und die französische
Herrschaft auf Sicilien geschleuderten Epigramme in Wirk=
lichkeit die noch immer auf italienischem Boden weilenden
Oesterreicher treffen sollten.

„Il Franco —
Ripassi l'Alpe e tornerà fratello!"

In diesem Ausspruche Giovanni's da Procida liegt
gewissermaßen der Kern der Tragödie, die also keineswegs
als die Verherrlichung eines blinden Hasses der Nationalitäten
angesehen werden darf. Auch das Trauerspiel „Lodovico
Sforza" ist von patriotischer Begeisterung und tiefer Trauer
über den Verrath, welchen der Titelheld an seinem Vater=
lande durch Herbeirufung der Franzosen begeht, erfüllt.
Wie Lodovico Sforza die Freiheit von Mailand vernichtet,
trägt Filippo Strozzi in der nach ihm benannten Tragödie
die Schuld an der Katastrophe, von der Florenz betroffen wird.

Zwischen diesen beiden Trauerspielen verfaßte Niccolini

zwei andere. „Rosmonda d'Jnghilterra" und „Beatrice
Cenci", von denen die letztere im Wesentlichen eine Nach=
ahmung der Tragödie des englischen Dichters Shelley ist.
Beide Dichtungen treten hinter den übrigen weit zurück;
die Begabung Niccolini's lag eben auf einem anderen Ge=
biete; er vermochte vor allem die „Helden" seines Vater=
landes zu zeichnen oder großartige Gemälde der italienischen
Geschichte zu entrollen.

＊

So bildet denn auch die Tragödie „Arnaldo da Brescia",
welche am 31. August 1843 zur ersten Aufführung gelangte,
den hauptsächlichen Ruhmestitel des Dichters. Mit Seher=
blick kündigt der Titelheld die Befreiung Italiens vom Joche
der Fremden und des Papstthums an, ohne daß den Cha=
rakteren Arnaldo's da Brescia und seiner mächtigen Wider=
sacher, des Kaisers Friedrich Barbarossa und des Papstes
Hadrian IV., Gewalt angethan würde.

Wenn insbesondere die Zeichnung Friedrich Barbarossa's
in Deutschland Anfechtung erfahren hat, so ist es kein Ge=
ringerer, als Gregorovius, der in dieser Hinsicht für den
italienischen Dichter Partei ergriff. In einem Schreiben,
welches Niccolini an Andrea Maffei, den ausgezeichneten
Kenner deutscher Litteratur, am 18. Januar 1844 gerichtet
hat, führt er selbst seine Vertheidigung, wie folgt: „Indem
ich das Verdienst der Tragödie bei Seite lasse, dessen Be=
urtheilung mir nicht zusteht, habe ich doch die Gewißheit,
die Waage zwischen den beiden, oder vielmehr zwischen den
drei Parteien gehalten zu haben; kann man doch, je nach

Belieben, entweder dem Arnaldo oder dem Papste Hadrian oder Friedrich Barbarossa Recht geben. Ich ersuche meine Leser, nicht beim ersten Acte stehen zu bleiben, sondern mir durch das ganze Drama hindurch zu folgen, sowie vor allem die Dokumente und die Anmerkungen zu lesen und zu erwägen. Sie werden dann die Gewißheit erlangen, daß ich die Personen nicht bloß gemäß den Ideen, sondern auch in den Ausdrücken ihrer Zeit sprechen ließ, auch werden dann jene Lobeserhebungen aufhören, die ich nicht mag, und die Schmähungen, die ich sicher bin, nicht zu verdienen. Glücklicher Schiller! nicht blos, weil er ebenso groß war, wie ich unbedeutend bin, sondern auch, weil ihm beschieden war, in einem Lande zu schreiben, in welchem die Dinge nach Recht und Billigkeit und mit Geistesruhe geprüft werden, und die Menschen nicht unbesonnen urtheilen." In einem vom 23. November 1844 datirten Briefe an Pro=fessor Fabbrucci in Berlin giebt Niccolini ebenfalls seiner Werthschätzung der deutschen Wissenschaft und „Gedanken=freiheit" Ausdruck.

Wenn aber die Tragödie „Arnaldo da Brescia", ganz objectiv betrachtet, als eine gegen Welfen und Ghibellinen zugleich gerichtete Kriegserklärung erscheint, in welcher die Rechte Italiens auf volle Freiheit und Unabhängigkeit gewahrt werden, so mußten sich trotzdem die Anhänger der weltlichen Macht des Papstes am meisten getroffen fühlen. Hält doch der Titelheld bei seiner Unterredung mit dem Papste in der achten Scene des zweiten Aftes jenem ein so vollständiges Sündenregister vor, daß die weltliche Macht des Papstthums nicht schneidiger gegeißelt werden konnte.

Nicht minder dramatisch wirksam ist der Dialog zwischen

Friedrich Barbarossa und dem Papste in der zwölften Scene des vierten Aktes. Wenn Hadrian IV. dem Kaiser, ehe die Einigung erfolgt, übermüthig begegnet, ruft dieser ihm zu: „Wir sind nicht in Canossa; auch erwarte ich nicht, inmitten von Schnee und Eis zitternd und einsam, jene Ver= zeihung, welche Heinrich schlimm genug verlangte und in noch schlimmerer Weise erhielt. Nicht als Flüchtling über= schritt ich die Alpen: bekannt ist, weshalb ich herabgestiegen bin, und welche Spuren ich bis zu dir auf meinem Wege hinterlassen habe; auch schwankt mein Fuß nicht, starrend vor Frost, mein Fuß, der gewöhnt ist, die noch heißen Ruinen der rebellischen Städte niederzutreten."

Ergreifend ist der Abschied, welchen Arnaldo da Brescia, dem Bündnisse zwischen Papst und Kaiser erliegend, vom Leben nimmt. Aus dieser Scene weht uns echte Poesie entgegen, zumal, da der Dichter die Gefahr vermieden hat, politische Schlagworte in seine Verse zu verweben. Freilich ist die Tragödie hier und da nicht ganz frei von Schwulst, so daß Niccolini in diesem Punkte hinter Alfieri zurücksteht, der stets mit den einfachsten Mitteln wirkt. Ist doch der ganze dramatische Apparat, welchen der Dichter des „Arnaldo da Brescia" aufbietet, ein viel umfassenderer. Man braucht nur das Personenverzeichniß des erwähnten Trauerspiels mit demjenigen einer Tragödie Alfieri's zu vergleichen, um die Verschiedenheit der Auffassung zu erkennen, welche beide Dichter über die Oeconomie der Kunst hegten. Während der Dichter des „Saul" nur wenige Personen braucht, um den Sturm tragischer Leidenschaften zu entfesseln, finden wir im „Arnaldo da Brescia" eine Fülle von Figuren, zu denen dann noch die Chöre kommen.

Trotz diesem Reichthume ordnet Niccolini aber den Stoff

so sorgfältig an, daß wir nirgends verwirrt werden. Ueber=
dies bergen die Chöre, in denen bald die Italiener die
Leiden ihres unterdrückten Vaterlandes beklagen, bald die
deutschen Soldaten ihrer Thaten gedenken, zahlreiche lyrische
Schönheiten, welche für die Beurtheilung des Dichters bedeut=
sam sind. Diese Chöre beweisen zugleich, wie sehr sich Nic=
colini durch das eifrige Studium der griechischen Tragiker
an diesen edelsten Mustern gebildet hat.

Die Tragödie „Arnaldo da Brescia" war das letzte große
Werk, welches Niccolini zu verzeichnen hatte; das Trauerspiel
„Mario e i Cimbri", sowie die späteren Poesien zeigen den
Dichter nicht mehr auf der vollen Höhe seines Schaffens.
Dagegen hatte er die Genugthuung, zu sehen, wie seine
politischen Ideale der Verwirklichung näher gebracht wurden.
Als am 3. Februar 1860 in Florenz das Theater der Via
del Cocomero den Namen des Dichters erhielt, glaubte man
diese Feier, die zugleich der wiedergewonnenen Freiheit
unter dem Hause Savoyen galt, nicht würdiger begehen zu
können, als durch die Darstellung der großen Scene zwischen
Arnaldo da Brescia und Papst Hadrian IV.

Die Waffenbrüderschaft zwischen deutschen und italie=
nischen Soldaten zu begrüßen, war dem Dichter leider nicht
beschieden. Auch sollte er nicht mehr erleben, daß Rom die
Hauptstadt des geeinigten Italiens wurde; er starb gerade
neun Jahre vor diesem Ereignisse und wurde am
21. September 1861 in Santa Croce bestattet, woselbst ihm
nunmehr das Ehrendenkmal errichtet ist.

Die Enthüllung dieses Denkmals gestaltete sich zu einer
großen patriotischen Kundgebung. Einige Stunden vor Be.
ginn der Feier versammelten sich die Mitglieder zahlreicher

Vereine und Genossenschaften, sowie die Deputirten der italienischen Freimaurerlogen auf der Piazza dell' Indipendenza und begaben sich dann, zum Festzuge geordnet, nach dem Platze vor der Kirche Santa Croce, auf welchem sich das marmorne Standbild Dante's erhebt. Während die einzelnen Vereine Aufstellung nahmen, entsandten sie ihre Vertreter in die Kirche, woselbst sich auch zahlreiche Eingeladene einfanden. Der Ministerrath hatte den Präfekten von Florenz ersucht, ihn zu repräsentiren; Senatoren und Deputirte waren gleichfalls anwesend, insbesondere betrachtete es aber die Armee als eine Pflicht, bei dieser Feier nicht zu fehlen. So waren unter Führung des Generals Bertolè-Viale zahlreiche höhere Offiziere erschienen, um in dem Dichter des „Arnaldo da Brescia" den großen italienischen Patrioten zu ehren. Nachdem der frühere Bürgermeister von Florenz, Peruzzi, als Vorsitzender des Comités, und der ehemalige Sekretär des Dichters, Napoleone Giotti, in kurzen Ansprachen auf die Bedeutung des gefeierten Poeten hingewiesen hatten, fiel die Hülle des Denkmals.

Ein ausgezeichnetes Werk des Bildhauers Pio Fedi, der sich bereits durch die in den „Loggie dell' Orgagna" aufgestellte Gruppe „Der Raub der Polyxena" einen klangvollen Namen gemacht hat, zeigt das Grabdenkmal Niccolini's die kraftvolle Figur der „Freiheit", welche, mit einer Strahlenkrone geschmückt, in der erhobenen Rechten die zerbrochene Kette der Knechtschaft, in der gesenkten Linken den Kranz für den Sänger und Seher der italienischen Unabhängigkeit hält. Am Sarkophage erblicken wir ein Marmorrelief mit den Gesichtszügen Niccolini's.

Den Schluß der Feier bildete eine Rede Tommaso Sal=
vini's, der, ein Meister der dramatischen Kunst, wohl berufen
war, die Verdienste des Tragödien=Dichters hervorzuheben.
Besonders zündete aber ein Wort Salvinis, als er an den
historischen Ausspruch Viktor Emanuel's nach dem 20. Sep=
tember 1870 anknüpfte. „Ci venni, ci resto!" äußerte der
König damals, nachdem er von Rom Besitz ergriffen hatte.
„Hier bin ich, hier bleib' ich!" dieses Wort wandte jetzt der
Redner auf den Dichter an, der nun auch im Ruhmestempel
Italiens Unsterblichkeit gewonnen hat. Damit aber der so
würdig vollzogenen Feier nicht das italienische Lokalkolorit
fehlte, befand sich an einer der Säulen in der unmittelbaren
Nähe des Denkmals ein Plakat mit der Aufschrift: „Pelle-
grinaggio Italiano", in welchem die „eifrigen italienischen
Katholiken" aufgefordert werden, an einer Pilgerfahrt nach
Rom theilzunehmen.

Die Enthüllung des Denkmals Niccolini's legt aber den
„eifrigen Italienern" eine andere Pflicht auf. Ruht doch
Ugo Foscolo ebenfalls in der Kirche Santa Croce, nachdem
seine sterbliche Hülle von einem Friedhofe bei London in
das italienische Pantheon gebracht worden ist. Ein unschein=
barer Gedenkstein verkündet jetzt nur, wo der Dichter der
„Sepolcri" schlummert. Möge sich auch über dem Grabe
Ugo Foscolo's in nicht zu ferner Zeit ein würdiges Ehren=
denkmal erheben!

Florenz, September 1883.

V.

Emilio Praga.

—

Der realistische Zug, welcher der modernen italienischen Litteratur aufgeprägt ist, tritt insbesondere in der Lyrik deutlich in die Erscheinung. Allem Conventionellen ist von den Vorkämpfern der Naturwahrheit in der Poesie der Krieg erklärt worden, während zugleich Giosuè Carducci in seinem epochemachenden „Inno a Satana" und Lorenzo Stecchetti in den „Postuma" sowie in den „Nova Polemica" ihr künstlerisches Glaubensbekenntniß niedergelegt haben.

Freilich konnte bereits Giuseppe Giusti in einer seiner scharf zugespitzten Satiren über die Nachahmer Petrarca's spotten, zu denen er selbst eine Zeit lang zählte. Stellt doch der Sänger Laura's nach der heute jenseit der Alpen geltenden Werthschätzung am entschiedensten diejenige Richtung dar, welche von den „veristi" schroff zurückgewiesen wird. Giusti geht überdies den letzteren nicht weit genug, er ist trotz seiner satirischen Begabung noch viel zu sehr in

den althergebrachten Traditionen befangen, als daß er als
der wirkliche Pfadfinder des Realismus in der neueren
italienischen Lyrik angesehen werden könnte.

Aber auch Carducci und Stecchetti dürfen diesen Rechts=
titel keineswegs beanspruchen; vielmehr gebührt derselbe
einem in Deutschland bisher nur wenig bekannten und selbst
in Italien noch lange nicht nach Gebühr geschätzten Dichter:
Emilio Praga. Am 26. December 1875 zu Mailand im
Alter von 36 Jahren durch einen jähen Tod dahingerafft,
hat Praga in der „Tavolozza", in den „Penombre" und
in den „Trasparenze" Poesien hinterlassen, welche nicht
blos für die reiche Begabung des Verfassers vollgültiges
Zeugniß ablegen, sondern auch für die moderne realistische
Dichtung Italiens vorbildlich geworden sind. Erst vor
einigen Jahren wurde damit begonnen, diese Poesien in
einer ihrem Werthe mehr entsprechenden Form zu veröffent=
lichen. So erschienen die „Trasparenze" und die dramatische
Scene „Fantasma" im Jahre 1878 in einer gefälligen
Elzevier=Ausgabe, ebenso im Jahre 1879 die „Penombre",
worauf dann die „Tavolozza" (Turin 1883, Casanova),
gefolgt ist.

Emilio Praga brachte wohl die glücklichste Zeit seines
später durch Wechselfälle aller Art getrübten Lebens zu, als
er, dichtend und nach der Natur zeichnend, Wanderungen
in seiner Heimath und im Auslande unternahm. In Avignon
wird seine Phantasie durch einen von Hunger erschöpften
Mönch angeregt, während in Nîmes „der römische Tempel"
seine Bewunderung findet. Er entrollt vor unseren Augen
ein farbenprächtiges Gemälde der Vergangenheit dieses
Tempels, um ihr dann die Gegenwart an die Seite zu

stellen. Der Epheu, welcher jetzt die Säulenhallen und
Gewölbbogen umrankt, gaukelt ihm allerlei phantastische
Gebilde vor, und die Tempelruinen zeigen ihm jenen eigen=
artigen Zauber, der ihn an die Strahlenkrone eines Märtyrers
gemahnt. Den flüchtigen Besuchern rufen diese Ruinen aber
zu: „O Geschlecht von Zwergen, bleibe du den römischen
Trümmern fern!"

Wie sonnig erschien dem Dichter das Leben, als er, die
Palette des Malers mit der Feder vertauschend, unter dem
Titel „Tavolozza" die erste Sammlung seiner Verse ver=
öffentlichte. „Palette" nannte er dieses im Jahre 1862
herausgegebene Erstlingswerk — Praga zählte damals kaum
23 Jahre — und erinnerte durch diesen Titel an seinen
ursprünglichen Beruf. Eine Zeit lang huldigte er beiden
schönen Künsten zugleich, wie verschiedene Poesien der „Tavolozza" deutlich ergeben. So schildert er in einem Sonette,
wie er am Meeresstrande sein „Maler=Atelier" aufschlägt
und sich bald von neugierigen Fischern umgeben sieht, die
ihn mit Fragen bestürmen. Darüber belehrt, daß er die
Meereswoge auf der Leinwand darstellen wolle, bittet ihn
einer aus der versammelten Schaar, auch ein Fischerboot
zu malen, worauf der Dichter entgegnet: „Aber nicht das
Deinige, sondern mein eigenes, welches himmelblaue Ruder
und Brustwehr hat." Erscheint den mit idealen Aufgaben
der Kunst wenig vertrauten Leuten diese Antwort schon
seltsam genug, so wächst ihr Erstaunen noch, als ihnen
versichert wird, daß das Gemälde in der Stadt ebenso
seine Käufer finde, wie ihre Austern und Fische. Mit
ergötzlicher Selbstironie schließt das Sonett:

„Die Fischer geh'n und schütteln mit den Köpfen,
Sie sagen: er ist närrisch! Leis' gesteh' ich:
Auch in der Stadt hält Mancher uns für Narren."

Der melancholische Hauch, welcher zahlreichen Poesien
Praga's einen eigenthümlichen Reiz verleiht, findet sich
bereits in der einen und der anderen Dichtung der „Tavolozza". Niemand wird z. B. ohne Rührung die tiefem-
pfundenen Verse „Il Professore di Greco" lesen. Mit
Vorliebe sucht Praga die Erinnerungen an die schöne Jugend-
zeit künstlerisch zu verklären; das kindliche Leben in der
Familie, das oftmals ausgelassene Treiben in der Schule
sind von keinem anderen italienischen Dichter in so anschau-
licher Weise dargestellt worden.

Ein Besuch, welchem ihm sein ehemaliger „Professore
di Greco" in seinem Atelier abstattet, ruft alle jene Erinnerungen von neuem wach. Freilich meint er zunächst, als
der hagere Mann eintritt, der ihm seiner Zeit beinahe den
Homer verleidete, daß die Palette plötzlich eine graue Färbung annehme. Wie er nun aber die ermüdete Gestalt,
das gebleichte Haar seines früheren Lehrers betrachtet, wie
er dessen Klagen über seinen Beruf vernimmt, der ihn nicht
einmal in den Stand gesetzt hat, den Rest seiner Tage nach
Wunsch zuzubringen, da regt sich in dem Dichter das Gefühl
innigsten Mitleids. Gesteigert wird dieses Gefühl noch, als
jener beim Anblicke des bunten Bilderschmuckes hervorhebt,
daß der Schöpfer aller dieser Gemälde weit in der Welt
umhergestreift sei, während er selbst keine derartigen Erinnerungen aufzuweisen habe. So blickt Praga denn seinem
alten Lehrer, als dieser ihn verläßt, mit Thränen nach,
wehmüthig der Zeit gedenkend, wo er die trüben Lebens-

ſtunden des Mannes noch mehr verbittert hat. Als der
Dichter dieſe Verſe niederſchrieb, ahnte er freilich nicht, daß
ſein eigenes Lebensloos ſich weit düſterer geſtalten würde,
als dasjenige des von Harm verzehrten „Professore di
Greco", der, ſtets in den beſcheidenen Niederungen weilend,
auch den wilden Stürmen minder ausgeſetzt war, welche
über die Höhen vernichtend dahinbrauſen.

❧

Zwei Jahre nachdem Emilio Praga die „Tavolozza"
veröffentlicht hatte, tritt er uns bereits in den „Penombre"
als ein anderer entgegen. Das vom November 1864 datirte
„Preludio" zeigt uns den Dichter von allen Zweifeln der
modernen Geſellſchaft ergriffen. „O feindſeliger Leſer," ruft
er aus, „ich beſinge den Ueberdruß, das Erbtheil des Zweifels
und des Unbekannten, deinen König, deinen hohen Prieſter,
deinen Henker, deinen Himmel und deine Hölle! Ich ſinge
die Klagelieder des Märtyrers und des Gottloſen; ich
beſinge die Liebe der ſieben Todſünden, die in meinem
Herzen verweilen, gleichſam als ob ſie in einem Tempel
niederknieten. Ich beſinge die verzehrende Sehnſucht, im
Aetherblau zu baden, und das Ideal, welches im Schmutze
erſtickt wird. . . . Spotte nicht, wenn ich bei meinen An-
klagen zuweilen weinen muß; denn ich haſſe mehr, als
meinen bleichen Dämon, die Schminke und die Maske, mit
denen man den Gedanken verhüllt, und ich ſinge zwar ein
jammererfülltes Lied, aber ich ſinge die Wahrheit!"

Man kann ſich nicht verhehlen, daß dieſen Verſen ein
krankhafter Zug anhaftet, der ſeltſam mit der Friſche der

erſten Poeſien Praga's contraſtirt. Letzterer verſchließt ſich
denn auch ſelbſt nicht der Wahrnehmung, daß er die Welt
nunmehr mit anderen Augen anſieht, als zwei Jahre vor=
her, und er beginnt das „Preludio" mit den Worten:

„Wir ſind die Söhne der erkrankten Väter!"

Die Poeſien, welche in den „Penombre" enthalten ſind,
athmen jedoch keineswegs ſämmtlich den Ueberdruß, von
dem Praga ſich ergriffen fühlt. Vielmehr zerfällt die Samm=
lung in drei Abtheilungen: „Meriggi," „Vespri" und
„Mezzenotti", von denen die „Mittage" noch nichts von
den ſchweren Seelenkämpfen des Dichters verrathen, während
die „Abende" bereits eine düſtere Färbung tragen, und die
„Mitternächte" uns die ganze Verzweiflung des unglück=
lichen Verfaſſers offenbaren. Die Dichtung „Brianza", mit
welcher die „Meriggi" beginnen, und die „Desolazioni"
betitelten Verſe, mit denen die „Mezzenotti" ihren Ab=
ſchluß erhalten, ſind die Markſteine, innerhalb deren die
Lebenstragödie Praga's ſich vollzieht, eine Tragödie, der
dann nur noch ein nicht minder ergreifendes Nachſpiel
folgen ſollte.

Von Paul Heyſe, der leider nur wenige Gedichte Praga's
überſetzt hat, ſo daß wir im Uebrigen ſelbſt die Uebertragung
der von uns mitzutheilenden Proben verſuchen mußten,
beſitzen wir eine formvollendete Wiedergabe der Poeſie
„Brianza". In jenem anmuthigen Landſtriche, jenſeit
des Comer Sees, in der Brianza, verlebte der Dichter
glückliche Tage mit ſeiner jungen Gattin, und alle die
ſeligen Empfindungen dieſer Zeit gelangen in der erwähnten
Poeſie zum rührenden Ausdrucke.

„Wie ist so schön der Abend in den Bergen!
Entsinnst du dich?"
ruft der Dichter der von ihm angebeteten Frau zu, um
später fortzufahren:

„O einsam süße Ruh' in den vier Wänden!
Du stemmtest an den Herd die Füßchen an
Und kos'test mir das Haupt mit weichen Händen,
Das munt're Heimchen war Gevattersmann.
O einsam süße Ruh' in den vier Wänden! . . .

Du sahst den Kranz schon mir im Haar erglänzen,
Ich öffnete dir eines Edens Thür.
Du sahst mit Lorbeern meinen Namen kränzen,
Mit ew'ger Liebe lohnt' ich dir dafür . . .
Du sahst den Kranz schon mir im Haar erglänzen! . . .

O einsam süße Ruh' in den vier Wänden!
Ich werd' am Herd dich wieder sitzen sehn,
In Traum versenkt, gekos't von deinen Händen,
Das Heimchen singt, als wäre nichts geschehn . . .
O einsam süße Ruh' in den vier Wänden!"

Praga ist in seiner trauten Häuslichkeit so beglückt, daß
ihn selbst der rauhe Winter nicht zu stören vermag. Er
apostrophirt den Schnee mit der Aufforderung, sein „Hand=
werk zu verrichten" und die Dächer, sowie Baumstämme
und Blumenstengel mit kleinen Perlen zu übersäen; gleiche
doch der Januar dem Frühlingsmonat April, wenn der
Dichter reich sei an Liebe, und ihm aus dem Herzen seiner
Gattin „eine liebliche Brise" entgegenwehe. So mild
gestimmt erscheint er, daß er sogar den Mond besingt, frei=

lich mit der Einschränkung, er müsse auf die bewundernde
Betrachtung desselben am geöffneten Fenster verzichten, weil
er andernfalls den Schnupfen befürchte.

Wie in der „Tavolozza" die Erinnerungen an seinen
ehemaligen Professore di Greco,, kehren in dem ersten
Theile der „Penombre" die Reminiscenzen Praga's an den
alten Pfarrer wieder, in dessen Heim er manche glückliche
Stunde zugebracht hat. Der Dichter liebt allerdings die
Priester nicht, aber sein Pfarrer macht eine Ausnahme, wie
dieser denn auch von dem Bischofe als eine verirrte Seele
bezeichnet wurde, weil er zur Feier des Tages, an dem
Italien seine Verfassung erhielt, in der Kirche eine solenne
Messe las. „Armer Freund, fahr' wohl!" . . . schließt das
Gedicht. „Den Blumenstrauß, welchen du mir schenktest,
als ich von dir schied, besitze ich noch. . . . Möge deine
fromme Gemeinde dir das Grab mit den Blumen schmücken,
welche du auf Erden so sehr liebtest, und möge der Land=
mann, von Trauer erfüllt, dich noch in ferner Zeit verehren!"

Freilich stellen sich auch in den „Meriggi" die düsteren
Larven zuweilen ein; Praga schildert aber in der Dichtung
„Noli", wie er in diesem reizend an der Riviera di Ponente
liegenden Orte seine Schmerzen heimlich begräbt und ihnen
den Einlaß verweigert, als sie des Nachts an das Fenster
klopfen und ihm zurufen: „Oeffne, öffne den alten Freunden;
im Grabesdunkel haben wir glückliche Reime gefunden.
Oeffne, Undankbarer, den Schmerzen die Thür! Wir sind
die Muse, die ewige Muse, welche durch die Welt irrt; Der=
jenige, der uns zurückweist, Derjenige, der uns verabscheut,
ist kein Dichter."

❧

Noch war die Zeit der bitteren Seelenschmerzen für
Emilio Praga nicht gekommen, der sich allerdings niemals
verhehlt, daß jene, auch wenn man sie begräbt, doch nicht
für immer todt zu sein brauchen. Noch standen ihm son=
nige Tage bevor, und sein Herz jauchzt von Entzücken, als
ihm ein Sohn geboren wird. Nichts Lieblicheres ist von
Praga gedichtet worden, als der Kranz von Poesien, den er
„Canzoniere del Bimbo" betitelt hat. In der mannig=
faltigsten Weise verherrlicht er das väterliche Glück; der
Himmel strahlt ihm nach der Geburt des Sohnes in einem
weit schöneren Blau, die Blumen duften ihm süßer, die Luft
umweht ihn linder und lauer, und er ruft den vorüber=
ziehenden Wanderern zu: „Möge Gott euch segnen!" Bei
dem Worte „Gott" fühlt er sich von einer so tiefen Ehr=
furcht ergriffen, daß er den Schöpfer anfleht, das Glück
seiner Geschöpfe unvergänglich zu gestalten. Der Dichter
glaubt jetzt an die Engel mit schöner, blonder Strahlenkrone;
ja, er glaubt, das Universum ergründet zu haben, nach
welchem er in den Büchern vergeblich forscht.

Auch die Zukunft seines Sohnes beschäftigt ihn bereits,
und er widmet dieser einen zweiten Gesang des „Canzoniere". Wenn das Antlitz des Kindes den Dichter vor dem
Hohne und Spotte der Menge schützen soll, so will Praga
nicht minder den Lorbeerzweig, der ihm selbst etwa beschieden
wäre, für das blonde Haupt seines Sprößlings aufbewahren.
Freilich könnte es ja geschehen, daß „die Last des Genies"
und das Kainszeichen des „Sehers" jenem vorbehalten
wären. Dann, bittet Praga, möchten die längst dahin
geschwundenen Zeiten „des süßen, des mächtigen, des heiligen
Gesanges" wiederkehren. Der Dichter ersehnt jedoch für seinen

Sohn ein friedlicheres Loos: ein weißes Häuschen, am
Bergesabhange zwischen Himmel und Meer gelegen, soll
ihm den Frieden und Schutz vor der Welt gewähren.

Wie besorgt erscheint der Vater im dritten Gesange
über die Blässe seines Kindes! Als er dasselbe zum Himmel
emporblicken sieht, fordert er es auf, sich ja nicht etwa in
das glänzende Himmelszelt zu verlieben und der Erde zu ent=
fliehen. Betrachtet doch auch der Dichter nicht mehr das
Aetherblau, seitdem ihn der Anblick des Sohnes mit Para=
dieseswonne erfüllt und an die eigene Jugend erinnert.
Wie er selbst damals durch Feld und Flur streifte, soll auch
sein Kind, als „Zögling der Natur" heranwachsen und im
Walde, der vom Gesange der Vögel erfüllt ist, die Schule
besuchen; während der Vater die Wunder der Natur zu
denken sucht. Drastisch schließen die Verse:

> „Dort mit dem Uebermuth
> Der fahrenden Dichter
> Höhnen Pedanten wir
> Und Pfaffengelichter:

> Zum Teufel scheeret euch,
> Wir können euch missen;
> Wir glauben und lieben,
> Doch frei im Gewissen!"

Einen herzlichen, sympathischen Ton schlägt der Dichter
in der folgenden „Terza Rima" an, indem er uns eine
häusliche Abendidylle schildert. Von des Tages Arbeit
ermattet, ist der Mann zu Frau und Kind heimgekehrt;
das Herdfeuer leuchtet und kämpft mit dem Lichte der Kerze
und des Mondes, welcher draußen „die Welt liebkost",

während das schwarze Kätzchen an der Thürschwelle zu träumen scheint. Der glückliche Vater aber versenkt sich, „wie ein schwermüthiger Taucher in's Meer niedersteigt," in das Herz, das ihm Gott gegeben hat, und der Athem des schlummernden Kindes zeigt ihm den Weg zu den kost= baren Perlen. Echt poetisch und stimmungsvoll lautet der Schluß im Original:

„Come un mesto palombaro nel mare,
Io discendo nel cor che Iddio m'ha dato
E mi guida le perle a rintracciare
Il respiro del bimbo addormentato."

Mit dem „Canzoniere del Bimbo" enden die „Me-riggi"; — es will Abend werden. Sogleich die ersten Poesien „All' amico" und „La festa e l'alcova" athmen Melancholie und Entsagung. In dem zweiten Gedichte macht uns Praga zum Zeugen einer Scene seines getrübten Eheglückes. Die Gattin kleidet sich an, um sich allein zu einem Ballfeste zu begeben. „Geh'," ruft er ihr zu, „und vergiß im Sturme der Musik und des Tanzes das in meinem Kopfe tobende Meer; vergiß die Liebe, den Stolz deines Dichters, seine Kämpfe, seine Träume und seine Qualen, vergiß sie dort in den Armen des ersten besten Geschöpfes, welches gut tanzt!" Als die Gattin ihn dann verlassen hat, wird er von der wildesten Eifersucht verzehrt, und ein Satyr verhöhnt ihn, während er sich auf dem Lager hin= und herwälzt. „In die Hölle mit dir, Gatte, in das Fege= feuer, Liebhaber! Komm', Bruder, und reiche mir die Hand; die Menge ist die Herrin Aller; sie ist der große Sultan."

Praga hat diese Verse mit blutendem Herzen nieder=

geschrieben; sein Seelenzustand wird, insofern ihn die späteren Gedichte wiederspiegeln, immer trüber; seine Phantasie geräth häufig auf Abwege, wie in den „Tentazioni". Auf die Dichtung „Nox" folgt dann aber wieder die der Mutter gewidmete Idylle: „I Re Magi", eine Jugenderinnerung an das Fest der Drei Könige, welches dem Knaben stets eine freudige Ueberraschung brachte. Wie sehr sehnt sich der Dichter nach den schönen Greisen mit dem goldenen Scepter zurück, welche der heimischen Sitte gemäß in der Festnacht den draußen befindlichen Schuh des Kindes mit Geschenken anfüllen sollten! „Die schönen Greise mit dem goldenen Scepter," klagt der Poet, „sind entweder hier erfroren oder in ihren sonnigen Landen erkrankt."

❦

Den Trost und die Vergessenheit für seine Leiden und Seelenschmerzen sucht Praga im Weine und später, wie Alfred de Musset, im Absinth. Diese traurige Wahrheit erhellt auch aus verschiedenen Poesien der „Penombre" und der „Trasparenze". Verzweiflungsvoll ruft der Dichter in den „L'anima del vino" betitten Versen aus: „Wenn ich mich durch den Rausch gegen das Geschick empöre, durch welches mir die Seele gegeben wurde, und glauben kann, daß ich kein Mal an der Stirn und keine Fesseln am Fuße trage ..., dann mögen die nüchternen Menschen mich beschimpfen und das menschliche Geschlecht mich verachten! Möge selbst die Hölle des ewigen Vaters erscheinen, ich werde dann mit meinem Glase in der Hand zu jener hinab-

steigen." Man wird von innigem Mitleid für den unglück=
lichen Dichter erfüllt, wenn man derartige Selbstbekenntnisse
liest, obgleich dieselben übertrieben sind und aus einem
getrübten Gemüthszustande erklärt werden müssen. Be=
weisen doch kurze Zeit nach jener Selbstanklage verfaßte
Poesien, daß Emilio Praga zwar dem Sinnentaumel erliegen
konnte, sich aber stets von neuem aufraffte und dann seinen
hohen Dichterberuf besser erkannte.

Ein krankhafter Zug haftet freilich auch dem Cyklus
von Poesien an, welcher die Ueberschrift: „Dama elegante"
trägt; ebenso muß das folgende Gedicht „Seraphina",
welches das grausige Ende einer Courtisane schildert, trotz
aller Formvollendung einen gewissen Widerwillen erregen.
Um so ergreifender ist dann aber ein anderer Cyklus von
Poesien: „Domus — Mundus", der uns werthvolle Ein=
blicke in das Seelenleben Praga's gewährt. In einem
dieser Gedichte schildert der unglückliche Verfasser, gewisser=
maßen vorahnend, die letzten Augenblicke seines Daseins;
der Glaube an den Himmel ist ihm wiedergekehrt, und er
faßt seinen Abschied vom Leben entsagungsvoll in den
Versen zusammen:

> „Verstummt bin ich für immer,
> Mein Leben ist vergessen;
> In Nebel und in Dunkel
> Versank, was ich besessen;
> In Demuth sich zu beugen,
> Gekommen ist die Stunde;
> Mit todesblassem Munde
> Empor ich mich schwing' . . .

An drei nur muß ich denken,
Es nah'n mir drei Gestalten
Im letzten Augenblicke;
Ich spür' ihr trautes Walten . . .
Ein schöner, blonder Knabe,
Die Mutter, die trauert,
Die Frau, die mich dauert;
Sie küsset den Ring!" —

Das zu Herzen gehende Bild, in welchem der Dichter
seine Gattin in der Abschiedsstunde den Trauring küssen
läßt, bekundet, wie sehr Praga durch die Zerrüttung seines
Familienglückes getroffen werden mußte. Die bittersten
Seelenqualen können ihm aber später keinen Vorwurf gegen
Diejenige entlocken, welche er in der Poesie „Brianza" verherrlicht hat. In den „Mitternächten" befindet sich allerdings ein Gedicht: „Vendetta postuma", in welchem der
treulosen Geliebten Rache dafür angekündigt wird, daß sie
die Schwüre gebrochen hat, für den Genius des Poeten zu
leben und zu sterben. Es handelt sich hier aber allem
Anscheine nach nur um eine freie Phantasie ohne jede
bestimmte persönliche Beziehung. So oft auch Praga von
der Verzweiflung ergriffen wird, findet er doch in seinem
Dichterberufe Trost für seine Leiden. Daß einst von ihm
gesagt werden könnte, er sei in trüben Tagen ein zärtlicher
Liebhaber der Muse gewesen, bezeichnet er als seine „einzige Hoffnung". „Spes unica" ist der Titel dieses Ge-
dichtes, in welchem er unserer Zeit den Spiegel vorhält
und sich an seine Muse mit den Worten wendet: „Deinem
bleichen, jungen Dichter nennst du, ewige Göttin, leise das
zu erreichende Ziel; du verachtest die Schule des Korans

und der Bibel, du sprichst die Sprache des Schönen und der
Liebe." Es verdient hervorgehoben zu werden, daß Praga
trotz allen Irrungen daran festhielt, das Schöne als Eigen-
schaft der Poesie anzuerkennen, mag er immerhin später in
den „Desolazioni", welche den Schluß der „Penombre"
bilden, beklagen, daß alle seine wonnigen Poetenträume
zerronnen sind.

Der Dichter ist weit von jenem Naturalismus entfernt,
der nur das Häßliche der Dinge wahrnimmt; vielmehr fühlt
er sich nicht minder, als von dem Streben nach dem Wahren,
von der Sehnsucht nach dem Schönen verzehrt, „la sete
stupida del bello", wie es in der Dichtung „Orgia" der
„Penombre" heißt. Diese Gesinnung gelangt noch in den
letzten Poesien Praga's zum charakteristischen Ausdrucke;
mehrere Monate vor seinem Tode, als der Dichter bereits,
von häuslichem Unglück schwer betroffen, seinen Gram um
jeden Preis betäuben wollte, nimmt er von seinem „Erben",
seinem innig geliebten Sohne, ergreifenden Abschied, indem
er sein künstlerisches Glaubensbekenntniß wiederholt. Es
empfiehlt sich, diese Strophen in der Uebersetzung mitzutheilen. Sie tragen die Ueberschrift: „Al mio erede"
(„An meinen Erben") und lauten, wie folgt:

„Ich gleich' an Armuth einem Mönch; doch du,
Mein Sohn, bist munter, rosig, hold dazu,
Du stehst im Anfang deines Strebens
Und bist die letzte Hoffnung meines Lebens.

Ich hinterlasse dir gar viele Leiden,
Du magst bewahren sie gleich Schätzen:
In trüben Stunden — wer könnt' sie vermeiden?
Sind jene mehr, als Gold zu schätzen!

Ich hinterlaß' dir meine Traumgesichte,
Die tausend Gaukelbilder, die Gedichte,
Und wirst du sie einst lesen,
So denk' an mich, dem Alles du gewesen.

Mein kleiner Alter mit den blonden Haaren,
Der scharfen Blicks schon früh beginnt zu denken,
Bisher gelang's dir, Unschuld zu bewahren,
Die schmutz'gen Larven abzulenken!

Ich hinterlasse dir mein bestes Eigen:
Den frommen Wunsch, zum Himmel aufzusteigen,
Den Haß pedantischer Eunuchen,
Die Sucht, im Schlamm selbst Perlen aufzusuchen.

Auch bleibt dir von letzwilligen Geschenken
Mein Dante, der gen Himmel dich soll lenken;
Die prächt'ge Pfeife mag dir Trost gewähren,
Wenn Nachts des Schlafs du mußt entbehren."

Emilio Praga bekennt also in diesen von Resignation
erfüllten Versen — die Form des Originals erscheint etwas
ungleichmäßig — „die Sucht, im Schlamm selbst Perlen
aufzusuchen", oder, wie es im Originale noch drastischer heißt:

„E la mania di cercar perle al lezzo."

Der Dichter unterscheidet sich aber gerade dadurch von
den modernen „Schmutzmalern", daß er das Häßliche nicht
um seiner selbst willen schildert. Man würde die künst=
lerische Begabung Praga's überdies unterschätzen, wollte
man annehmen, daß er in seinen Poesien mit Vorliebe das
Abschreckende zur Darstellung bringt. Man würde es kaum
für möglich halten, daß die liebliche Idylle „Brianza", in
welcher der Friede des Landlebens und das Familienglück

auf's Verlockendste besungen werden, denselben Verfasser hat,
wie die düstere Phantasie „A un feto", zu welcher Praga im
anatomischen Museum angeregt wurde. Die Wandelung,
die sich allmählich in dem Dichter vollzieht, läßt sich nur
psychologisch erklären. Welche Schuld diesen selbst trifft,
wenn er seinen häuslichen Frieden zerstört sehen mußte,
lassen wir hier unerörtert. Das Eine steht jedoch fest, daß
die Sehnsucht nach dem verlorenen Paradiese Emilio Praga
bis zu dessen frühem Tode nicht verlassen hat. Von seiner
Gattin und seinem Sohne getrennt lebend, war er dazu
bestimmt, im Unglücke zu enden, und die späteren Poesien
Praga's spiegeln eben nur dieses tragische Schicksal getreu-
lich wieder.

Im Jahre 1867 veröffentlichte Praga unter dem Titel:
„Fiabe e Leggende" seinen dritten Band Poesien. Seine
Absicht ging dahin, die Geschichte des Mittelalters in
poetischen Gemälden zu entrollen, ohne daß ihm dies jedoch
gelungen wäre; vielmehr wird der Dichter durch seine ganze
Begabung nicht so sehr auf das epische, wie auf das lyrische
Gebiet hingewiesen. Von den „Fabeln und Legenden" haben
deshalb die in die einzelnen Dichtungen verwebten lyrischen
Bestandtheile hauptsächlichen Werth, während die epischen
Versuche ebenso wenig, wie seine dramatischen, eine besondere
Bedeutung beanspruchen können. Eine Komödie in fünf
Akten: „Le madri galanti", welche Praga in Gemeinschaft
mit seinem Freunde Arrigo Boito, dem späteren Compo-
nisten des „Mefistofele", verfaßt hatte, fiel durch. Keinen
besseren Erfolg hatte eine zweite Komödie: „Il capolavoro
d'Orlando", die im Jahre 1867 in Mailand zur Aufführung
gelangte. Trotzdem verzichtete der Dichter nicht auf die

Schaubühne; im November des Jahres 1870 wurde eine
von ihm herrührende dramatische Scene:. „Fantasma" —
die Handlung spielt sich im Jahre 1600 zu Venedig ab —
im Teatro Re zu Mailand dargestellt. Nach meinem Ge=
fühle erweist sich Praga aber auch in dieser Dichtung nicht
als Dramatiker von Begabung, obgleich die versi martelliani,
in denen die Scene verfaßt ist, sich durch Klangfülle und
vollendete Form auszeichnen. Ein späteres in größerem
Style angelegtes Drama „Altri Tempi" ist bis jetzt noch
nicht aufgeführt worden; die dramatische Scene „Fantasma"
ist als Anhang der erst nach dem Tode des Dichters unter
dem Titel: „Trasparenze" veröffentlichten Poesien im Drucke
erschienen.

❧

Die Mehrzahl der in den „Trasparenze" enthaltenen
Poesien rührt aus den letzten Lebensjahren Emilio Praga's
her. Die Sammlung weist zahlreiche Perlen auf, die
allein hinreichen würden, seinen Dichterruf zu begründen.
Die Widmung an die Muse bringt in der edelsten Form
eine Fülle tief empfundener Gefühle zur Darstellung; das
Welteuräthsel beschäftigt den Poeten immer mehr; er läßt
seine ganze Vergangenheit im Geiste vorüberziehen und
zeigt, wie er sich der Muse zu eigen gegeben hat. „Und ich
war ein Dichter!" singt er. „Ein armer Dichter, der deiner,
o Göttin, unwürdig war; ein Träumer, dem die Flügel
fehlten, das himmlische Ziel zu erreichen, dem aber die Liebe
nicht mangelte." Er zeigt weiter, wie er bald den Himmel
zu sehen vermeinte, bald von den wildesten Qualen der
Verzweiflung ergriffen wurde. „Du weißt es, Muse, wie

sehr meine Gedanken von der Begeisterung getragen wurden, indem ich bald inmitten der Weinreben, bald auf dem Fried= hofe phantasirte! Inzwischen wuchs aber im Dunkel mein Dämon, der unerbittliche Doppelgänger! ... Unschuld und Glauben ... sie wurden ein Grabhügel, und die Aufschrift lautet: — Dorbei!" — So bleiben ihm denn die Muse und das blonde Haupt seines Knaben als einziger Trost, nach= dem ihn das Leben gelehrt hat, daß Alles Rauch ist; Alles: die Trauer und die Lust.

Noch häufiger, als früher stellen sich jetzt in den Poesien Praga's die Erinnerungen an die Jugend ein; er will der Mutter seine ganze Lebensgeschichte beichten, dieses Gemisch von Himmel und Hölle; die Mutter dagegen soll ihm eine jener Harmonien aus seinem Jugendparadiese in die Er= innerung rufen, wäre es auch nur ein Sturz aus der Wiege, ein Spaziergang oder ein anderes Nichts. Der Dichter hofft dann seine trübe Vergangenheit durch ein Lächeln der Mutter in ein Elysium umgewandelt zu sehen. Auch im Weine sucht er nicht bloß Vergessenheit, sondern nicht minder die Rückerinnerung an glücklichere Tage, in denen die Mutter liebevoll für ihn gesorgt hat. In dem Gedichte „Satana e la bottiglia" zeigt Praga, wie er den Verlockungen des Satans erliegt.

In den „Trasparenze" findet sich auch ein dem Dichter Ugo Tarchetti gewidmeter Nachruf, der Zeugniß von der neidlosen Anerkennung Praga's für fremdes Verdienst ablegt und zugleich bekundet, ein wie anhängliches Gemüth er seinen Freunden bewahrte. Er apostrophirt den im Alter von dreißig Jahren dahingerafften Genossen, den Streiter, der sich einem heiligen Kriege geweiht hatte und dem Siege bereits nahe war. Er erinnert ihn an die gemeinschaftlichen Wanderungen, an die Gespräche am winterlichen Kamin- feuer, bei denen die Kunst, die Poesie den unerschöpflichen Gegenstand gebildet habe.

Es ist bezeichnend, daß Emilio Praga den Glauben an die Freundschaft bis zum letzten Augenblicke festhält. Das- jenige Gedicht, welches den Schluß seiner lyrischen Poesien bildet und im August 1875, kurze Zeit vor seinem Tode, niedergeschrieben wurde, ist ebenfalls an einen Freund: „A Enrico Junk", gerichtet. Gleichsam als ob noch ein Strahl der Hoffnung ihn beseelte, in Gottes freier Natur die kranke Seele gesund zu baden, fordert Praga seinen Freund, den Maler Junk, auf, mit ihm die Stadt zu verlassen. Die letzte Poesie des unglücklichen Dichters endet mit den Versen:

„Auf thaugetränktem Pfad', in Sonnenklarheit
Erkennst du hehre, unverhüllte Wahrheit,
Die wir, keusch liebend, über alles stellen.
Ein Gott beseelt den Pinsel und die Feder! . . .
Auf, schnüren wir das Bündel, werde jeder
Von uns sogleich zum fahrenden Gesellen!"

Kurze Zeit darauf mußte Praga die Reise in jenes unbekannte Land antreten, „von deß' Bezirk kein Wanderer wiederkehrt". Ein trauriges Dichterschicksal hatte sich erfüllt, als der Verfasser der „Trasparenze" am 26. December 1875 aus dem Leben schied. Es ist bezeichnend, daß Praga trotz allen trüben Erfahrungen, die er gemacht hatte, noch wenige Wochen vor seinem Tode von Neuem Hoffnung auf eine glücklichere Gestaltung seines Looses hegte. Mußte doch der Dichter die letzten zehn Jahre seines Lebens kümmerlich

fristen, indem er an einem Mailänder Conservatorium dra=
matischen Unterricht ertheilte. So begrüßte er denn noch
das Anerbieten mit Freuden, welches ihm die berühmte
italienische Schauspielerin, Virginia Marini, im September
des Jahres 1875 machte, ein Drama für sie zu schreiben.
Freilich waren die Mißerfolge, von denen Praga auf der
Schaubühne betroffen wurde, wenig verlockend; die geniale
Künstlerin mochte sich aber wohl die Fähigkeit zutrauen,
dem unglücklichen Dichter zu Hülfe zu kommen. Mit Ent=
husiasmus nahm Praga die Idee auf, die jedoch niemals
zur Verwirklichung gelangen sollte. Auch muß bezweifelt
werden, daß der Dichter, dessen Willenskraft längst gebrochen
war, im Stande gewesen wäre, seiner Aufgabe zu genügen.
Ueberdies zeugt es für die Unschlüssigkeit Praga's, daß er,
gleichfalls im Herbste des Jahres 1875, die Absicht bekundete,
wieder zur Palette zu greifen. Er hatte vorher einige Mo=
nate im mütterlichen Hause zu Stradella zugebracht; dort
mögen ihn die Erinnerungen an sein ursprüngliches, künst=
lerisches Schaffen ergriffen haben, zumal, da er augenblick=
lichen Eindrücken leicht zugänglich war. Allerdings entsprach
dann das Können nicht immer dem Wollen.

Die Dichtungen Emilio Praga's werden aber fortleben;
Poesien, wie „Brianza", der „Canzoniere del Bimbo" und
zahlreiche andere werden stets zu dem Lieblichsten gehören,
was von der italienischen Lyrik hervorgebracht worden ist.
Der Naturalismus, welchem der Poet oftmals gehuldigt hat,
ist dagegen vielfach angefochten worden. Nicht minder
berechtigt ist der Vorwurf, daß der Dichter sich häufig nicht
zur Klarheit durchgerungen hat, so daß die Gedanken hie
und da dunkel zum Ausdrucke gelangen. Emilio Praga

war eben mehr Künstler, als scharfer Denker. Hier liegt auch, zum Theil wenigstens, die Erklärung dafür, daß er in seiner Lebensführung Schiffbruch gelitten hat; dem Dichter Praga gebührt jedoch der Lorbeerkranz, den er in der „Tavolozza" in so bescheidener Weise abgelehnt hat.

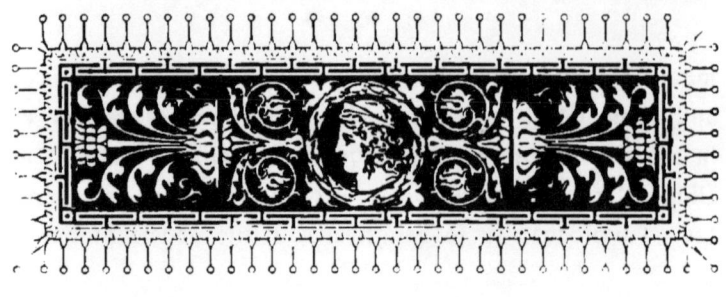

VI.

Giovanni Verga.

Wenn Lorenz Sterne heute unter den Lebenden weilte und sein Werk: „A sentimental journey through France and Italy" schriebe, so würde er sicherlich außer den von ihm geschilderten Spielarten der Reisenden noch andere Kategorien in seine Darstellung verweben. Die modernen Verkehrsverhältnisse, die einen in früheren Jahrhunderten so wenig geahnten Aufschwung genommen haben, üben auf unsere ganze Betrachtungsweise so wesentlichen Einfluß, daß das Werk des englischen Humoristen trotz seinem hohen litterarischen Werthe und trotz der wohlverdienten Anerkennung, die ihm Goethe zu Theil werden läßt, vielfach nur noch Erinnerungen aus alter Zeit zu erwecken vermag. „Giebt es," fragt Karl Frenzel in seinen Studien „Renais- sance und Rococo" (Berlin, A. Hofmann) mit Recht, „unter all' diesen Wanderern noch empfindsame Reisende? Macht

einer noch, wie der selige Lorenz Sterne, eine sentimentale
Fahrt durch Frankreich und Italien?" Und dennoch war
Sterne in der Lage, schärfer zu beobachten und treuer zu
schildern, sowie in den Charakter der fremden Menschen
und Sitten tiefer einzudringen, als es uns heute möglich
ist, wenn wir, durch das Dampfroß jäh von einem Orte
zum andern entführt, in kurzer Zeit weite Ländergebiete
durcheilen. Nichtsdestoweniger glauben wir, Frankreich,
glauben wir, Italien zu kennen, sobald wir zu wiederholten
Malen oder für längere Zeit daselbst gewesen sind, bis wir
dann durch eine authentische Sittenschilderung belehrt werden,
daß neben der von uns geschauten, durch die Phantasie
zumeist rosig gefärbten Welt eine andere existirt, von der
wir nur unbestimmte Vorstellungen hegten.

Wer z. B. die Insel Sicilien aus eigener Wahrnehmung
oder aus den landläufigen Skizzen zu kennen vermeint und
später die sicilianischen Dorfgeschichten Giovanni Verga's
liest, wird unzweifelhaft den Eindruck gewinnen, daß ihm
jetzt erst die Augen geöffnet werden, während er bis dahin
über den farbenprächtigen Landschaftsbildern, über den
antiken Tempelruinen vergaß, daß inmitten derselben eine
schwer ringende und leidende Bevölkerung lebt. Dieses
sicilianische Volksleben in allen seinen Abstufungen zur
künstlerischen Darstellung zu bringen, betrachtet Verga, einer
der begabtesten Erzähler Italiens, als seine hauptsächliche
litterarische Aufgabe.

Zur realistischen Schule gehörend, verschmäht es der im
Jahre 1840 zu Catania geborene Dichter, durch Beschreibungen
der herrlichen Natur zu blenden, in welcher sich die ergrei=
fenden Lebensschicksale seiner „Helden" und „Heldinnen"

abſpielen. Nicht minder verſchmäht er, ſeinen Figuren Em=
pfindungen und Seelenregungen zu leihen, die ihnen nach
ihrer Charakteranlage und auf ihrer Bildungsſtufe fern
bleiben müſſen. Dieſer Realismus bildet einen großen Vor=
zug der Dorfgeſchichten Verga's. Die Erzählung „Nedda",
ſowie die unter dem Titel „Vita dei campi" geſammelten
Novellen legten bereits Zeugniß für die Eigenart des Ver=
faſſers ab. Die „Novelle rusticane" (Torino, 1883,
Casanova) bezeichnen einen weiteren Fortſchritt der künſt=
leriſchen Geſtaltungskraft Verga's.

Die einzelnen Erzählungen dieſer Sammlung erſcheinen
ſämmtlich von einem Hauche der Schwermuth durchweht,
die unſer Intereſſe bis zum Schluſſe feſſelt. Niemand wird
die Skizze „Malaria" ohne Rührung leſen, obgleich die darin
geſchilderte Begebenheit ſo einfach iſt, daß ſie in wenigen
Worten berichtet werden kann. Ein Gaſtwirth am Lago
di Lentini ſieht durch die in der Gegend zwiſchen Catania
und Syrakus mit beſonderer Heftigkeit auftretende Malaria
ſeine ganze Familie dahingerafft; ihm ſiechen nicht blos die
Kinder dahin, er verliert auch eine Frau nach der andern,
ſo daß er im Volksmunde allgemein den bezeichnenden
Namen „Ammazzamogli", „Frauenmörder", erhält. Das
Geſchick deſſelben geſtaltet ſich dadurch noch düſterer,
daß ſein Erwerb als Gaſtwirth durch den Bau der Eiſen=
bahn vernichtet und er ſchließlich genöthigt wird, als Bahn=
wärter ſein Leben zu friſten.

Innerhalb dieſes knappen Rahmens entrollt Verga ein
ſo anſchauliches Gemälde von der troſtloſen Exiſtenz des
ſicilianiſchen Landbewohners, daß uns die Inſel ſelbſt in
einer völlig veränderten Beleuchtung erſcheint. Stimmungs=

voll klingt die Novelle „Malaria" aus: „Als er endlich die
Pacht für die Gastwirthschaft nicht mehr bezahlen konnte,
schickte der Eigenthümer ihn, nachdem er 57 Jahre daselbst
zugebracht hatte, fort, und „Ammazzamogli" sah sich
genöthigt, ebenfalls einen Posten bei der Eisenbahn zu
suchen und die Fahne in der Hand, zu halten, wenn der
Zug vorüberfuhr. Dann sah er, nachdem er sich den ganzen
Tag hindurch auf dem Schienengeleise müde gelaufen hatte,
von den Jahren und vom Unglück überwältigt, zwei Mal
täglich die lange Reihe der mit Leuten angefüllten Waggons
passiren; die frohen Schaaren der Jäger, welche sich später
über die Ebene hin zerstreuten; dann und wann einen
Bauernjungen, der, mit gebücktem Haupte auf der Bank
eines Wagens dritter Klasse hockend, seine kleine Drehorgel
spielte; die schönen Damen, welche ihren mit dem Schleier
verhüllten Kopf an die Thür lehnten; das Silber und den
polirten Stahl der Reisetaschen, die unter den blankgeputzten
Lampen erglänzten; die hohen Lehnpolster mit ihren Ver=
zierungen. Wie prächtig mußte man in diesen Wagen
reisen, indem man ein Schläfchen machte! Ein Stück der
großen Stadt schien da vorüberzuziehen mit der hellen Be=
leuchtung der Straßen und den schimmernden Verkaufs=
läden. Dann verlor sich der Eisenbahnzug im weiten
Nebel des Abends, und der Aermste murmelte, indem
er, müde auf seiner Bank sitzend, für einen Augenblick die
Schuhe auszog: „Für diese Leute giebt es eigentlich keine
Malaria!"

Mit diesem melancholischen Ausrufe schließt die Novelle,
in der man vergebens eine dramatisch bewegte Handlung
suchen würde. Dagegen erscheinen die einzelnen Figuren

so lebenswahr und plastisch, die Schilderung so treu, daß
wir die sicilianische Landschaft mit dem Aetna — Mongi=
bello nennt ihn die Inselbevölkerung — im Hintergrunde
deutlich zu sehen glauben. Wir sehen den Lago di Lentini,
aus dem ungesunde, feuchte Dünste emporsteigen, die von
der Sonne verbrannten Stoppelfelder, über denen die Ma=
laria brütet, und dennoch weiß Verga über seine Darstellung
einen so poetischen Duft und Reiz auszubreiten, daß wir
unwillkürlich an die schwermüthigen Oden Giosuè Carducci's
erinnert werden, der bei der Schilderung der von jener
Krankheit heimgesuchten Distrikte ebenfalls mit besonderem
Interesse verweilt.

So oft Carducci, der hervorragendste realistische Dichter
Italiens, eine Fahrt durch die Maremmen längs der
tyrrhenischen Küste beschreibt, empfangen wir den Eindruck,
daß er sich gerade durch die trostlose Verlassenheit der Ort=
schaften angezogen fühlt, weil dieselbe am besten geeignet
ist, die Erinnerungen an eine glänzende, ruhmvolle Ver=
gangenheit wachzurufen. Giebt Carducci doch diesem Ge=
danken in einer anderen Ode: „Bei den Caracalla=Thermen"
charakteristischen Ausdruck, wenn er, in Reminiscenzen an
das von ihm verehrte alte Rom schwelgend, die Malaria
gewissermaßen als seine Bundesgenossin anruft. Die Ode,
welche in einer Uebertragung B. Jacobsons vorliegt, schließt
mit den bezeichnenden Versen:

„Fieber, hör' mich. Halte die neuen Menschen
Fern von hier und ihre Alltäglichkeiten.
Heilig sei dies Grauen uns — denn hier schlummert
Roma, die Göttin.

Hoch das Haupt gestützt an den Paladin und   -
Zwischen Caelius und Aventin die Arme
Breitend, an der appischen Straße ruht sie
Gegen Capena."

❦   ,

Verga legt anscheinend der stets weiter vordringenden
Civilisation, dem Bau neuer Eisenbahnen, das Mißgeschick
des Helden seiner Novelle „Malaria" zur Last. Es wäre
jedoch irrig, anzunehmen, daß der Verfasser zu den „codini",
zu den Klerikalen gehört, welche am liebsten den König
Bomba in sein Königreich beider Sicilien zurückkehren sehen
möchten. Vielmehr bekundet unter Anderem die Erzählung:
„Il Reverendo" einen so geringen Respekt vor den geist=
lichen Würdenträgern, daß Verga nicht in den Verdacht
derartiger reaktionären Anwandlungen kommen kann.

Freilich ist der „Reverendo" so wenig von seinen
Pflichten als Seelsorger durchdrungen, daß er, anstatt im
Brevier oder die Messe regelmäßig zu lesen, die Güter=
spekulation im großen Style betreibt. Als der Bischof der
Diöcese bei einer Visitationsreise das Brevier des geistlichen
Wucherers über und über mit Staub bedeckt findet, schreibt
er darauf mit dem Finger die Worte: „Deo gratias!"
nieder, der „Reverendo" ist jedoch für diesen Vorwurf wenig
empfänglich, zumal da sich sein Vieh in gutem Zustande
befindet, und die Felder eine gute Erndte verheißen. Von
der sicilianischen Volkssitte, den „bösen Blick" und anderes
Unglück durch das Ausstreuen geweihten Brodes fernzuhalten,
will jener nichts wissen; muß er doch befürchten, daß die

Sperlinge und andere der Saat gefährliche Vögel gerade
durch die „pani benedetti" auf seine Felder gelockt würden.

Im Hause des „Reverendo" befindet sich neben einigen
nahen Verwandten, die er zu untergeordneten Dienstleistungen
benutzt, eine arme, aber schöne Nichte. Diese bewohnt das
beste Zimmer und braucht nicht zu arbeiten, so daß Niemand
über ihre Beziehungen zu dem geistlichen Herrn Zweifel
hegen kann. „Allen erschien es aber als eine wahre Strafe
Gottes, wenn die Aermste von Gewissensbedenken erfaßt
wurde, wie es den Frauen zu geschehen pflegt, welche nichts
anderes zu thun haben und die Tage damit zubringen,
wegen begangener Todsünde sich in der Kirche an die Brust
zu schlagen — sie that dies jedoch nur, wenn der Oheim
nicht zugegen war; denn dieser gehörte nicht zu denjenigen
Priestern, welche sich gern in großem Pompe am Altare
von ihrer Geliebten sehen lassen. Was sonst die Frauen
betrifft, so genügte es dem „Reverendo", sie außer dem
Hause mit zwei Fingern in die Wange zu kneifen, oder sie
auch durch die Oeffnung des Beichtstuhls auf diese Weise
zu liebkosen, nachdem sie ihr Gewissen reingewaschen und
den Sack der eigenen und fremden Sünden geleert hatten;
erfuhr doch jemand, der in Gütern spekulirte, bei dieser
Gelegenheit stets mancherlei Nützliches, so daß er immerhin
den Segen ertheilen konnte. Er erhob nicht den Anspruch,
ein heiliger Mann zu sein, keineswegs. Die heiligen Männer
starben Hungers, wie der Vikar, der, auch wenn er nicht dafür
bezahlt wurde, die Messe las und mit einer zerrissenen Soutane
— ein wahrer Skandal für die Religion! — in die Häuser
der Bettler ging. Der „Reverendo" wollte sich vorwärts
bringen und er brachte sich bei günstigem Winde vorwärts."

Endlich treibt er es jedoch so arg, daß der Bischof sich
genöthigt sieht, ihm das Messelesen zu verbieten; eine
Strafe, die ihm um so weniger nahe geht, als er sich nach
wie vor seines großen Besitzes erfreuen darf. Die neuen
Verhältnisse, die Einverleibung der Insel Sicilien in das
Königreich Italien haben aber zur Folge, daß der Priester
bei Gericht und bei den übrigen Behörden nicht mehr eine
bevorzugte Stellung einnimmt. „Der Richter fürchtet sich
vor den Zeitungen, vor der öffentlichen Meinung, vor dem=
jenigen, was Cajus und Sempronius sagen würden, und er
fällte Urtheile wie — König Salomo!"

So muß sich der „Reverendo" mit dem begnügen, was
er bis dahin, zumeist mit wenig lauteren Mitteln, erworben
hat. Mißtrauisch betrachtet er einen Jeden, weil er sich
von ihm beneidet glaubt und nunmehr im Gegensatze zu
früher „bösen Blick" und „jettatura" fürchtet. Außerdem wird
die Nichte mit den Jahren immer fetter und weniger ver=
lockend, während sie ihren geistlichen Liebhaber zugleich mit
Vorwürfen quält. Am meisten verdrießt den „Reverendo"
aber, daß sein Bruder, der ihm, wenn er Nachts von einem
Besuche heimkehrt, mit der Laterne voranleuchten muß, ihn
beerben und, ohne einen Finger zu rühren, reich werden
soll. „Es giebt keine Religion, keine Gerechtigkeit, nichts
mehr!" pflegt er in seinem Mißmuthe auszurufen. Dem
neuen Königreiche Italien wirft er vor, daß es die
Priester zu Sakristanen erniedrigen wolle, da sie zu nichts
gut wären, wie allenfalls die Messe zu lesen und die Kirche
auszufegen.

Der tiefe Sinn dieser Erzählung bedarf keiner besonderen
Erläuterung. Geflissentlich hat der Verfasser vermieden,

eine Tendenz zur Schau zu tragen oder bestimmte Konse=
quenzen zu ziehen; die geschilderten Vorgänge sprechen für
sich selbst. Daß der Egoismus im menschlichen Gemüthe
eine trostlose Verwüstung herbeiführen kann, ist eine unleug=
bare Wahrheit. Der Titelheld der Novelle repräsentirt aber
zugleich einen Typus, ohne daß jedoch Verga seine Epi=
gramme gegen die katholische Kirche selbst richtete; vielmehr
stellt er dem „Reverendo" andere Geistliche gegenüber, die
ihre Lebensaufgabe mit vollem Ernste erfassen.

Auch den sicilianischen Landadel lernen wir aus den
„Novelle rusticane" kennen. Unter den Figuren der Er=
zählung „I Galantuomini" befinden sich Charakterköpfe, wie
Don Piddu, der mehrere unverheirathete Töchter im Hause
hat, in seinen Vermögensverhältnissen aber völlig zurück=
gekommen ist. Seine Gemüthsstimmung ist denn auch eine
wenig befriedigte, als er eines Tages während der Erndte,
„die von Gott verwünscht zu sein schien", den Kapuziner=
mönch Fra Giuseppe herannahen sieht, der, wohlgenährt
auf einem nicht minder feisten Maulthiere reitend, wie all
jährlich die Runde macht, um für sein Kloster einzusammeln.
Nach einem Zwiegespräche, in welchem Don Piddu das
Maulthier des Mönches gelobt und auf die glückliche Lage
der Klosterbrüder hingewiesen hat, die, ohne gesäet zu haben,
ernoten, erinnert sich der Edelmann plötzlich, daß er im
Jahre vorher eine halbe Last Getreide hingegeben habe,
damit S. Francesco ein gutes Jahr schickte, während nun
seit drei Monaten nichts wie Feuer vom Himmel zu „regnen"
schiene.

Als Fra Giuseppe gewissermaßen zur Bestätigung dieser
Angabe sich den Schweiß von der Stirne trocknet, wird

Don Piddu plötzlich von einer Idee ergriffen. „Euch ist warm, Fra Giuseppe?" ruft er aus. „Wohlan, ich will Euch eine Erfrischung verabreichen!" Und er ließ sie ihm mit Gewalt durch vier Landleute verabreichen, die, wie er selbst, von Wuth erregt waren, dem Mönche seine Kutte über den Kopf stülpten und dann das grünliche Wasser der Schwemme eimerweise über ihn ausgossen. Von diesem Zeit= punkte an will Don Piddu auch keine Kapuziner mehr auf seinem Gute sehen, vielmehr beruft er jetzt die Mönche von der Regel des S. Francesco di Paola.

Er sollte jedoch die Rache Fra Giuseppe's in vollem Maße verspüren. Aller Orten warnt derselbe vor dem Ver= kehr mit Don Piddu, den er als von Gott verdammt bezeichnet. Als Donna Sarrida, die bereits etwas überreife, älteste Tochter des Edelmannes, eben im Begriffe steht, sich mit Don Giovannino zu verloben, eilt der Mönch zu diesem hin, um ihn vor der Verbindung mit einem Hause zu warnen, in welchem demnächst gepfändet werden soll. Don Gio= vannino hatte zwar nicht auf eine Mitgift gerechnet, die Pfändung im Hause seines Schwiegervaters will ihm aber nicht in den Sinn, und so bleibt Donna Saridda unvermählt.

Der Besitz Don Piddu's geht thatsächlich bald darauf in andere Hände über, dieser selbst sieht sich genöthigt, als Gutsaufseher seinen Lebensunterhalt zu verdienen. Daß die Malaria an dem Orte seiner neuen Thätigkeit erbar= mungslos herrscht, bekümmert Don Piddu wenig, wohl aber kränkt es seinen Adelstolz, daß die Landleute ihm nunmehr in der Anrede den Titel „Don" verweigern. Und dennoch steht ihm ein noch schlimmeres Loos bevor. Gerade um die Osterzeit, als er sich mit den anderen Edelleuten der

Gegend zu Bußübungen in einem benachbarten Kloster
befindet, dringt ein von Fra Giuseppe ausgestreutes Gerücht
über seine zweite Tochter, Donna Marina, zu seinen Ohren.
Heimlich verläßt er Nachts das Kloster und überrascht jene
in der That bei einem Rendezvous mit dem Stallknechte.
Entsetzt und zu jeder Handlung unfähig, eilt Don Piddu
in seine Klosterzelle zurück. „Aber der Beichtvater, der ihm
seinen Kummer Gott anheimzugeben rieth, hätte ihm sagen
sollen: „Sehen Sie, auch die anderen armen Leute bleiben,
wenn ihnen dasselbe Mißgeschick widerfährt, ruhig; weil
sie eben arm sind. Der einzige Unterschied ist nur, daß
sie nicht lesen und schreiben können, und sie wissen sich
nur dadurch zu helfen, daß sie sich auf die Galeeren schicken
lassen."

Die Familientragödie, die sich hier abspielt, läßt auf die
Sittenzustände Siciliens grelle Streiflichter fallen. Höchst
charakteristisch für die dortigen Verhältnisse erscheint, daß
Don Piddu, der den Kapuziner wegen der schlechten Ernte
durchprügeln läßt, doch deshalb nicht mit den Mönchen
gebrochen zu haben glaubt. Er will es eben nur mit einer
Kutte von anderer Farbe versuchen, wie er denn auch an
den Bußübungen seiner Standesgenossen Theil nimmt.

Mit diesen geistlichen Exercitien hat es allerdings eine
eigenthümliche Bewandtniß. Neben den Herren finden sich
auch die Diener ein, und da die Beichte den Abschluß bildet,
hoffen jene, in der einen oder anderen Form zu erfahren,
ob sie im letzten Jahre bestohlen worden sind, um sich dann
für die Zukunft besser vorzusehen. Deshalb will auch Don
Piddu zunächst nicht in's Kloster, theils weil er die erfor-
derlichen Kosten nicht bestreiten kann, theils weil ihm dem

Besitzlosen, nichts mehr gestohlen werden kann. Er muß
sich aber schließlich fügen, damit kein böses Beispiel gegeben
werde.

Alle diese Zustände haben seit dem Sturze der Bour=
bonen wesentliche Veränderungen erfahren; Verga, der
seine Erzählung: „I Galantuomini" den sicilianischen Dorf=
geschichten einfügt, verhehlt sich jedoch nicht, daß im Innern
der Insel Aberglaube und Bigotterie heute noch eine
wichtige Rolle spielen, und daß es auch noch Landedelleute
vom Schlage Don Piddu's giebt.

Eine beißende Satire gegen die italienischen „Republi=
kaner" könnte in der Novelle „Libertà" gefunden werden,
wenn nicht der Verfasser eben nur zeigen wollte, auf welcher
niedrigen Bildungsstufe ein Theil der sicilianischen Bevölke=
rung noch steht. Diesem erscheint es als das letzte Ziel der
Freiheit, zunächst alle Besitzenden aus dem Wege zu räumen
und dann deren Vermögen zu vertheilen. In einem kleinen
Orte der Insel wird denn auch der Versuch gemacht, dieses
Ideal zu verwirklichen. Während die Sturmglocke ertönt,
richten die besitzlosen Einwohner des Ortes unter ihren Be=
drückern ein fürchterliches Blutbad an. Erst am späten
Abend kommen sie wieder zur Besinnung und schließen sich
furchtsam in ihren Wohnungen ein.

Als sie sich am nächsten Tage, einem Sonntage, früh
auf dem Platze bei der Kirche versammeln, äußert sich die
Unzufriedenheit der „Revolutionäre" bald durch dumpfes
Murren. „Sie können nicht, wie die Hunde, an einem

7*

Sonntage, ohne die Messe zu hören, existiren!" Daß sie
selbst die Priester getödtet haben, kommt für sie nicht in
Betracht. Nicht minder seltsam erscheint ihnen, daß sie nicht,
wie an anderen Sonntagen, die Befehle der Gutsherren
für die nächste Woche entgegennehmen sollen. Freilich
streifen ihre Blicke zuweilen nach dem Aetna hin, an dessen
Abhängen sich die Felder und Wälder befinden, die sie unter
einander vertheilen wollten, als sie die Revolution machten.
Mißtrauisch betrachtet jeder seinen Nachbar, weil er ihn im
Verdachte hat, daß er von ihm übervortheilt werden könnte.
Am Tage darauf trifft der kommandirende General an der
Spitze seiner Truppen ein und läßt strenges Kriegsrecht
walten, worauf sich auch die Vertreter der Justiz einfinden.
Die noch nicht zur Rechenschaft gezogenen Theilnehmer des
Aufstandes werden nach der Stadt transportirt, wo das
weitere Verfahren gegen sie stattfindet.

Ergreifend ist die Schilderung, wie die Frauen ihre
gefesselten Männer auf dem weiten Wege begleiten, wie sie
dieselben bei ihren Namen anrufen, sobald die staubige
Landstraße eine Biegung macht, so daß sie den Gefangenen
in's Gesicht sehen können, wie sie in der Stadt ruhelos
umherirren, um einmal in der Woche in Gegenwart der
Gefangenwärter mit Jenen einige Worte zu wechseln. Die
Voruntersuchung zieht sich aber immer mehr in die Länge,
und die Frauen müssen endlich in ihre Heimath zurückkehren.
Der Prozeß währt drei volle Jahre, drei Jahre hindurch
sehen die Schuldigen keinen Sonnenstrahl; ein fürchterlicher
Gedanke für jeden Bewohner der sonnigen Insel.

Als dann die öffentliche Verhandlung stattfindet, eilt
die gesammte Dorfbevölkerung „wie zu einem Feste" nach

der Stadt. Vortrefflich wird vom Verfaſſer beſchrieben, wie
die Advokaten ihre nutzloſen Reden halten, wie die Richter
hinter ihren Brillen die Augen zu einem Schläfchen zu
ſchließen ſcheinen, wie die Geſchworenen, lauter Ehrenmänner,
erſichtlich froh ſind, am Tage der Revolte nicht am That=
orte geweilt zu haben. Endlich ziehen ſich die Geſchworenen
zurück, und ihr Obmann verkündet bald, darauf den auf
Schuldig lautenden Wahrſpruch. Sobald aber den zu
ſchweren Strafen Verurtheilten die Handſchellen angelegt
werden, fragt einer von ihnen: „Wohin führt ihr mich? —
Auf die Galeere. — Und weshalb? Mir iſt keine Spanne
Land zu Theil geworden! Wenn man mir geſagt hätte,
daß dies die Freiheit wäre! . . .“

Die Moral dieſer Erzählung kann zwar leicht gezogen
werden; Verga hat aber offenkundig weit weniger beab=
ſichtigt, eine beſtimmte Nutzanwendung nahe zu legen, als
zu zeigen, wie ſehr die Landbevölkerung Siciliens noch poli=
tiſche Urtheilsfähigkeit und Reife vermiſſen läßt, ſo daß es
ein gefährliches Beginnen iſt, utopiſtiſchen Plänen daſelbſt
Eingang verſchaffen zu wollen. Die Novelle bekundet
andererſeits, daß der Verfaſſer ſtets mit derſelben Unbe=
fangenheit zu ſchildern ſucht; ein Beſtreben, das ſelbſt in
den Einzelheiten der Darſtellung deutlich in die Erſchei=
nung tritt.

Auch eine ſicilianiſche „Frauenrevolte“ wird in den
„Novelle rusticane“ geſchildert. Hier genügt aber das Ein=
ſchreiten des Titelhelden der Erzählung, Don Liccin Papa,
der als Vertreter der Polizei und der Juſtiz raſch Ordnung
ſchafft. Verga zeigt in dieſer Novelle zugleich ſeine Meiſter=
ſchaft, die Dinge ſkeptiſch und ironiſch zu behandeln; eine

Welt= und Lebensanschauung, welche dem Verfasser oftmals
zum Vorwurfe gemacht worden ist. Sieht man jedoch genauer
zu, so kann man sich nicht der Wahrnehmung verschließen,
daß Verga ein warmes Herz und aufrichtige Theilnahme für
seine Landsleute besitzt.

Insbesondere sind es die unteren Klassen der Bevölkerung,
denen Giovanni Verga seine Sympathien widmet. Der Be=
weis dafür ließe sich noch aus anderen Novellen der vor=
liegenden Sammlung erbringen. Mag der Verfasser immer=
hin durch seinen etwas flüchtigen Styl bei den Litteratur=
historikern der strengen Observanz zuweilen Anstoß erregen,
so lehrt er uns doch so tiefen Einblick in die Volksseele
gewinnen, daß jeder Leser aus den Werken des sicilianischen
Erzählers Genuß und mannigfaltige Anregung schöpfen wird.

✿

Giovanni Verga, dessen Begabung für die realistische
Darstellung des Volkslebens unzweifelhaft ist, hat, anscheinend
durch das Beispiel Emile Zola's verleitet, auch eine Reihe
von Romanen begonnen, in denen die verhängnißvollen
Folgen des „Kampfes um's Dasein" zur Anschauung gebracht
werden sollen. Wie Zola in seiner Roman=Serie „Les
Rougon-Macquart" sich die Aufgabe gestellt hat, die „physio=
logisch=sociale Geschichte einer Familie unter dem zweiten
Kaiserreiche" zu schildern, beabsichtigt G. Verga in der Reihe
von Romanen, der er den Gesammttitel: „I Vinti", „Die
Besiegten" giebt, zu zeigen, daß die mit Eigendünkel gepaarte
Begierde nach einem unbekannten, glücklicheren Loose zum
Untergange führen muß.

In der Einleitung des ersten Romans, welcher den Titel
„I Malavoglia" trägt und sich in Trezza, einem kleinen
Fischerdorfe der Insel Sicilien, abspielt, entwickelt der Ver=
fasser seinen Gesammtplan, wie folgt: „In den „Malavoglia" wird der Kampf zunächst blos um die materiellen
Bedürfnisse geführt. Sind diese aber befriedigt, so verwan=
delt sich jene Begierde in Sucht nach Reichthümern, und sie
wird sich in einem bürgerlichen Typus „Mastro Don Gesualdo", verkörpern, welcher in das noch eng begrenzte Ge=
mälde einer kleinen Provinzstadt eingefügt ist, dessen Farben
bereits lebhafter und dessen Zeichnung ausgeführter und
mannigfaltiger zu werden beginnen. Dann wird jene Be=
gierde aristokratische Eitelkeit in der „Duchessa de Leyra"
und Ehrgeiz in dem „Onorevole Scipioni" werden, um
bei dem „Uomo di lusso" anzulangen, der alle diese Be=
gierden, alle diese Eitelkeiten, alle diese ehrgeizigen Re=
gungen vereinigt, in seinem Blute verspürt und von ihnen
verzehrt wird. In dem Maße, wie sich die Sphäre der
menschlichen Thätigkeit erweitert, wird sich das Gefüge der
Leidenschaften verwickeln; die Typen zeichnen sich sicherlich
weniger ursprünglich, aber merkwürdiger ab wegen des sub=
tiven Einflusses, den die Erziehung, sowie alles Künstliche
in der Civilisation auf die Charaktere ausübt."

Der Plan, welchen Verga von seinem Werke entwirft,
ist in der That viel versprechend; denn der Verfasser wird
Gelegenheit haben, die Mängel des gesammten gesellschaft=
lichen Lebens zu geißeln, sei es, daß er sich, wie in den
Romanen „I Malavoglia" und „Mastro Don Gesualdo"
in den niederen Klassen bewegt, sei es, daß er die Aristo=
kratie, oder, wie in dem „Deputirten Scipioni", den Parla-

mentarismus als Zielobjekt wählen wird. Was den Schluß
des Gesammtwerkes betrifft, so verräth uns Verga nur,
daß dieser letzte Band den Titel „Uomo di lusso" führen
und einen Künstler als „Helden" aufweisen soll, „der seinem
Ideal zu folgen glaubt, indem er sich von einer andern
Form des Ehrgeizes leiten läßt".

Obgleich der italienische Dichter, abgesehen von den
„Rougon-Macquart" Zola's sich auch auf die „Comédie
humaine" Balzac's berufen kann, muß doch davon Abstand
genommen werden, die Idee Verga's vor der Vollendung
des gesammten Werkes eingehender zu erörtern. Gerade
weil die Entwickelung einer „These" sowohl auf dem Theater,
als auch in der erzählenden Dichtung im Allgemeinen sich
unfruchtbar erweist, erscheint es geboten, den Verfasser des
Romans: „I Malavoglia" seine Sache bis zu Ende durch-
führen zu lassen. Immerhin darf schon jetzt anerkannt
werden, daß der erwähnte Roman als Kunstwerk durch die
ihm vom Verfasser aufgeprägte Tendenz nirgends geschädigt
wird und eben deshalb eine volle Wirkung zu erzielen vermag. Die Sphäre, in welcher sich die daselbst geschilderten
Begebenheiten abspielen, ist freilich eine so beschränkte, daß
die Erzählung mehr den Namen einer Dorfgeschichte, als
denjenigen eines Sittenromans verdient.

❦

Einen wesentlich anderen Charakter trägt der Roman
desselben Verfassers: „Il marito di Elena" (Milano, 1882,
Treves). Der Schauplatz des erschütternden Familiendra-
mas, welches uns vorgeführt wird, ist bald Neapel, bald

die kleine Provinzstadt Altavilla, wo auch die Katastrophe
erfolgt. Der Titel des Romans: „Der Gatte Helena's",
läßt bereits darauf schließen, daß ein Conflict in der Ehe
als Knotenpunkt der Handlung dient.

Nicht ohne mythologischen Beigeschmack ist die sogleich
im Anfange der Erzählung geschilderte Entführungsscene;
nur daß die „schöne Helena", welche mit dem jugendlichen
Advocaten Cesare Dorello heimlich auf= und davongeht, nicht
einem stolzen Königshause angehört, sondern einen ehrsamen
Kanzlei=Beamten zum Vater hat. Don Liborio ist der
Name des würdigen Hauptes der Familie, die neben Donn'
Anna, der Gattin des ehemaligen „Vicecancelliere", zwei
Töchter, eben jene Helena und eine ältere Schwester, Ca=
milla, aufweist.

Vortrefflich versteht Verga uns durch wenige charak=
teristische Züge in das „Intérieur" dieser Familie einzu=
weihen. Don Liborio, der trotz seiner bescheidenen socialen
Stellung und seinen dürftigen Vermögensverhältnissen sich in
Illusionen jeder Art wiegt, hat seinen beiden Töchtern eine
Erziehung zu Theil werden lassen, durch welche ihre An=
sprüche weit über Gebühr gewachsen sind. Donn' Anna
trägt nicht minder Schuld an dieser verfehlten Erziehung,
deren Wirkungen im Vereine mit dem Temperamente der
jüngeren Tochter Helena für dieselbe verhängnißvoll werden
müssen. Der „Entführer" Cesare Dorello erscheint uns von
Anfang an als eine keineswegs romantisch angelegte Natur;
er gehorcht denn auch nicht dem eigenen Triebe, sondern
der Eingebung Helena's, als er sich bereit finden läßt, mit
dieser zu entfliehen.

Bezeichnend für die künstlerische Eigenart Verga's ist

der Anfang der Erzählung, der für die realistische Dar=
stellungsweise des Dichters vollgültiges Zeugniß ablegt. In
einer dramatisch bewegten Schilderung werden wir sogleich
in medias res eingeführt. Diese Schilderung lautet: „Ca=
milla klopfte an die Thür, während die Eltern im Begriffe
standen, zu Bett zu gehen, und sagte: „Helena ist ent=
flohen!" Don Liborio, den Stiefel in der Hand haltend,
blieb starr vor Schrecken. Dann hinkte er zur Thür, um
zu öffnen, bleich, wie ein Todter. Die Tochter wiederholte
mit ihrer Stimme einer Bleichsüchtigen ruhig: „Ich habe
sie überall gesucht. Sie ist nicht mehr da." Jetzt richtete
sich die Mutter im Bette auf und begann zu schreien:
„Man hat mir meine Tochter geraubt! Man hat mir
meine Tochter geraubt!" „Sei still!" sagte ihr Gatte,
„schreie nicht so, die Nachbarn hören es!" Der arme Mann,
noch halb barfuß, Alles verkehrt anziehend, mit dem Hemde,
das sich zwischen den Tragbändern, wie ein Buckel, wölbte,
wollte eine andere Kerze anzünden, aber er vermochte dies
nicht, so sehr zitterten ihm die Hände. Dann schickten sie sich
an, gemeinschaftlich im Hause zu suchen, gleichsam, als ob
Helena Verstecken spielte. Als dann Don Liborio in das
Ehegemach zurückkehrte, war er noch bleicher, als sein Hemd,
und selbst die einsamen Haare seines kahlen Schädels
trauerten gewissermaßen. Er stellte den Leuchter auf den
Nachttisch und ließ die Arme hängen, während ihm gegen
über seine Gattin, wie eine Gluckhenne, auf dem Bette saß.
Donn' Anna fing von Neuem an zu wehklagen: „Weshalb
lauft ihr nicht? Seid ihr noch hier? Man hat mir meine
Tochter Helena geraubt!"

Inzwischen irrt das Liebespaar rath= und hülflos durch

die Straßen von Neapel; denn der Fluchtplan wurde so
plötzlich entworfen, daß der „Entführer" nicht einmal für
ein passendes Unterkommen gesorgt hat. Endlich läßt sich
ein Oheim des seiner Liebhaberrolle wenig gewachsenen
Advokaten Cesare Dorello bewegen, Helena während der
Nacht in seiner Wohnung aufzunehmen, dieser selbst muß
dagegen in einem benachbarten Gasthofe Quartier nehmen.
Der Widerstand der Angehörigen Helena's gegen die Ver=
heirathung des Liebespaares wird freilich sehr bald gebrochen,
zumal da Don Liborio stets der Ansicht Ausdruck gab, daß
die Advocatenlaufbahn zu jeder Stellung führen könnte, die=
jenige eines Ministers nicht ausgenommen. Weit schwieriger
ist es, die Einwendungen zu beseitigen, welche von Seiten
der Verwandten Cesare's erhoben werden, dessen Vermögens=
verhältnisse allerdings nicht zur Begründung eines Haus=
standes geeignet sind.

So wird denn auch seine Familie, die Mutter und der
Oheim Anselmo Dorello, ein geistlicher Herr, der mit auf=
opfernder Liebe die Erziehung Cesare's überwacht hatte,
durch die Nachricht von der Entführung Helena's wie durch
einen Schlag aus heiterem Himmel getroffen. Die Mutter
eilt selbst nach Neapel, das Unheil von ihrem Sohne abzu=
wenden; allein jeder Versuch ist vergeblich. Ergreifend
schildert der Dichter das Zusammentreffen der beiden; die
rührende Einfalt der Mutter, welche mit allen Fasern
ihres Herzens an ihrem einzigen Sohne hängt, vermag nichts
auszurichten. Eine durchaus passive Natur, bleibt Cesare
doch in dem einen Punkte standhaft, daß er Helena nicht
aufgeben will.

Auf einer kleinen Besitzung bei Altavilla verlebt das

Ehepaar die Flitterwochen. Es ist die Zeit der Weinlese;
die meisten Familien von Altavilla befinden sich ebenfalls
auf ihren Landgütern und verkehren in froher Geselligkeit
unter einander. Das Eintreffen des Advocaten Dorello und
seiner jungen Frau wird als ein neue Unterhaltung ver=
heißendes Ereigniß allseitig mit Freuden begrüßt. Wir
sehen Helena, die durch ihre geschmackvolle, großstädtische
Toilette die Bewunderung und den Neid der Damen von
Altavilla erregt, bald durch gesellige Beziehungen aller Art
in Anspruch genommen, welche dem winzigen Vermögen des
Gatten verhängnißvoll werden müssen.

Helena, „in der vollen Entwicklung ihrer überschwäng=
lichen Natur, von der Begierde nach angenehmen Empfin=
dungen erfüllt", geht in dem neuen Leben ganz auf; nur
zuweilen erinnert sie sich ihres Gatten, den sie dann in
einer plötzlichen Aufwallung ihrer Liebe versichert, während
Cesare selbst nicht die Energie besitzt, den kostspieligen Nei=
gungen Helena's Einhalt zu thun. Durch die Schlaffheit des
Mannes, durch das sensuelle Temperament der Frau werden
die Bande der jungen Ehe sichtbar gelockert, ohne daß Cesare
und Helena sich darüber klar zu werden im Stande sind.

Verga erweist sich als ein Meister der Kunst, einen
psychologischen Prozeß vor unseren Augen sich vollziehen
zu lassen. In Neapel, wohin Helena mit ihrem Gatten
zurückgekehrt ist, wächst ihre Muthlosigkeit von Tag zu
Tag; die Noth in der Casa Dorello wird dringender,
als jemals. In diesem Zustande trifft sie eines Tages auf
der Straße mit einem ihrer Verehrer zusammen, der ihr
zum hundertsten Male seine Liebesversicherungen wiederholt.
„Nein! nein! nein!" antwortete sie von Zeit zu Zeit, mit

immer schwächerer Stimme, indem sie die Stirn immer mehr
neigte. Schließlich . . . . Jetzt ging sie alle Tage aus.
Hastig kleidete sie sich an, im bescheidenen, schwarzen Ge-
wande glitt sie rasch über die Treppen und lief zu ihrer
Mutter oder ging spazieren, um nur nicht zu Hause zu
bleiben.".

Helena hatte ihrem Manne die Treue gebrochen, sie
war tragisch schuldig geworden. Der Zufall fügt es, daß
jetzt gerade Cesare, der allerdings die sanguinischen Erwartungen seines Schwiegervaters täuscht und sich mit dem
bescheidenen Loose eines „procuratore legale" begnügt,
ausgiebige Beschäftigung findet. Um so jäher wird er
getroffen, als er kurze Zeit darauf einen Brief seiner Frau
an ihren Verführer aufgreift; aber auch jetzt besitzt jener
nicht die Willenskraft, Klarheit in die Situation zu bringen,
obgleich die Schuld seiner Gattin deutlich genug erwiesen
ist. Eine Pause in dieser Ehestandstragödie erfolgt, als
Helena einer Tochter das Leben schenkt und dieser ihr ganzes
Interesse zu widmen scheint. Doch dies währt nicht lange;
bald kehrt sie zu ihren ehemaligen Lebensgewohnheiten
zurück, zumal da ihr Gatte jetzt in der Lage ist, ihr einen
gewissen Luxus zu gestatten. Bälle und Gesellschaften
werden wieder regelmäßig, oft sogar ohne Cesare, besucht,
während sie zugleich in ihrem Hause allwöchentlich an einem
bestimmten Tage ihren Freundinnen und Verehrern die
Honneurs macht. Mit einem jungen Dichter, Fiandura,
liest sie gemeinschaftlich Alfred de Musset und Heine; die
Poesien Lorenzo Steechetti's, der auch das letzte Wort nicht
unausgesprochen läßt, finden Gnade vor ihren Augen.

Sie verschmäht dann sogar nicht, dem jugendlichen Fiandura ein Rendezvous in dessen Mansarde zu gewähren. Freilich nimmt das letztere einen völlig unerwarteten Verlauf. Helena, welche sich die Liebe eines Dichters allzu platonisch gedacht hat, fühlt sich durch das unzarte Benehmen desselben sogleich zurückgestoßen. Sie hat in ihrer Phantasie die ersten Küsse durch einen gewissen romantischen Zauber idealisirt und befindet sich nun einem brutalen Liebhaber gegenüber, von dessen Belästigungen sie sich nicht rasch genug befreien kann.

Da sie aber bald darauf in den Huldigungen eines Herzogs Trost für die so eben erfahrene Enttäuschung sucht, rächt sich der Dichter durch eine beißende Satire. Die An= spielungen dieser Satire lassen an Deutlichkeit nichts zu wünschen übrig. „Gedenkst du," heißt es unter Anderem, „des ersten Kusses auf dem schwarzsammetnen Sessel, der mit deiner Namenschiffre gestickt war? Gedenkst du des Taschentuches, das du in meinem Zimmer vergaßest, des Wohlgeruches, welchen du zugleich mit jenem zurückließest? Gedenkst du deines Namens, der gleich demjenigen deiner griechischen Schwester süß ist? Wohin, Verrätherin, hast du nunmehr diesen Wohlgeruch entführt? In das Gemach eines Fürsten! in die Zimmer, die vorher durch andere gewöhnliche Liebesverhältnisse entweiht wurden." In einem Winkelblatte finden die Epigramme des verschmähten Dichters Aufnahme, und der Gatte der „greca donna" erhält sehr bald Kenntniß von dem Schimpfe, der seiner Ehre zugefügt worden ist. Vergebens will er sich mit der Waffe in der Hand Genugthuung verschaffen, alle die Bekannten, welche

seine Gastfreundschaft genossen haben, weigern sich aber, ihm
als Zeugen zu dienen.

Endlich erscheint die Trennung Cesare's und Helena's
als der einzige Ausweg. Die Bedingungen dieser Trennung
sind bereits vereinbart; die Tochter Barberina soll, bis sie
in eine Pension gegeben werden kann, bei ihrer Mutter
verbleiben. In der letzten Nacht vor der Abreise von Frau
und Kind sehen wir Cesare allein in seinem Zimmer, wie
er sich alle die düsteren Begebenheiten seiner Ehe nochmals
vergegenwärtigt. Ist es nun Liebe, ist es Eifersucht, ist es
eine andere Leidenschaft, die ihn plötzlich mit elementarer
Gewalt ergreift! Er will Helena wenigstens ein letztes
Mal sehen und schleicht leise in das Zimmer, in dem er sie
ruhig schlafend findet, das weiße Antlitz auf den entblößten
Arm gestützt.

Von seltsamen Gedanken fühlt er sich ergriffen; er will
die Vergangenheit vergessen, falls Helena wieder die seinige
werden könnte. Er will mit ihr entfliehen, anderwärts
unter angenommenem Namen leben. Würde sie ihn nur
sehen, wie er jetzt vor ihr steht, zum Sterben bereit, mit
dem Dolche in der Hand. Endlich ruft er sie bei ihrem
Namen, so daß sie erschreckt aufspringt. Nochmals ruft er
sie, „mit einem seltsamen Tone der Sehnsucht und der Liebe".
Jetzt beginnt Helena vor Angst um Hülfe zu schreien.
Cesare seinerseits schaudert bei dem Gedanken, daß seine
Gattin nur noch Furcht vor ihm empfindet. „Er ergriff sie
hierauf mit fester Hand am Arme und stieß verzweiflungsvoll mit dem Dolche ein-, zwei-, dreimal zu."

Mit dieser dramatisch bewegten Schilderung schließt
der Roman; unwillkürlich erinnert man sich an die Scene

zwischen Othello und Desdemona; nur daß Helena schuld=
voll erscheint. Das letzte Capitel des Romans „Il marito
di Elena" ist geradezu ein Meisterstück Verga's, ganz
abgesehen von der dramatischen Spannung, welche den
Leser kaum anathmen läßt. Geflissentlich hat der Ver=
fasser vermieden, irgendwelche These aufzustellen, z. B. für
oder wider die Ehescheidung zu plaidiren. Diese Zurück=
haltung gereicht dem Romane um so mehr zum Vor=
theile, als Verga noch in der Einleitung zu dem bereits
erwähnten Werke „I Vinti" sich als Anhänger abstracter
Thesen bekannt hat, während der Poesie doch ganz
andere Aufgaben gestellt sind, als sociale Probleme zu
lösen.

Innerhalb des Rahmens des Romans „Il marito di
Elena" entwirft der Verfasser eine ganze Reihe bemerkens=
werther Sittenschilderungen. Mit feinem Humor zeichnet
er die „eleganten" Damen der Provinz, die es den
Großstädterinnen gleichthun möchten. Das gesellschaftliche
Treiben der letzteren wiederum wird in seiner ganzen
Nichtigkeit gekennzeichnet, ohne daß sich jemals die Ten=
denz, den Sittenrichter zu spielen, irgendwie hervordrängt.
Vortrefflich gelungen sind auch einige komische Figuren,
wie Roberto, der Verlobte der älteren Schwester Helena's,
der seit Jahren auf eine Beförderung hofft und inzwischen
allabendlich die Hände seiner Braut bewundert, falls er nicht
damit beschäftigt ist, die Wollknäuel für ihre Stickereien
auszusuchen. Der „Dichter" Fiandura ist ebenfalls eine
komische Erscheinung, wenn er auch durch seine niedrige
Rachsucht die Katastrophe beschleunigt.

Es kann jedoch nicht in Abrede gestellt werden, daß

der Sittenroman Verga's hier und da an französische
Muster erinnert, wie der Verfasser denn auch in seinen
früheren Werken: „Eva", „Eros", „Tigre Reale" in
fremden Spuren wandelt. In seinen Dorfgeschichten erscheint
er dagegen durchaus selbstständig und eigenartig, so daß
die italienische Litteratur noch manche reife Frucht von ihm
erhoffen darf.

VII.

Lorenzo Stecchetti.

— —

Unter dem Titel „Postuma" erschien im Jahre 1877 zu Bologna eine Sammlung lyrischer Gedichte, welche durch Form und Inhalt Aufsehen erregten. Die allgemeine Aufmerksamkeit lenkte sich auf den Dichter, dessen „hinterlassene" Poesien bald durch ihre sinnliche Gluth berauschten, bald durch ihre schwermuthsvolle Resignation einen bestrickenden Zauber ausübten. In einer den „Postuma" vorangeschickten kurzen Vorrede theilte der Herausgeber Olindo Guerrini die hauptsächlichen Züge aus dem Leben seines „Vetters" und Studiengenossen mit.

Am 4. October 1845 zu Fiumana, einer kleinen Gemeinde in der Nähe von Forli, geboren, erhielt Lorenzo Stecchetti seine Gymnasialbildung in Ravenna und Turin, um dann in Bologna Jurisprudenz zu studiren. Damals bereits übten die Dichtungen Byron's, Heine's und de Musset's, seiner „Dreieinigkeit", eine größere Anziehungskraft

auf ihn aus, als die Rechtsbücher des Justinian. Es kann
daher nicht überraschen, daß er nach Erlangung der Doctor=
würde auf die juristische Laufbahn verzichtete und sich ganz
seinen poetischen und litterarhistorischen Neigungen hingab.
Guerrini schildert dann das düstere Lebensschicksal des
Dichters, der, seit dem Winter des Jahres 1870 an der
Schwindsucht leidend, dahinsiechte, bis er am 4. Februar 1876
zu Bologna vom Tode hinweggerafft wurde. „In der Nacht
vorher," berichtet Olindo Guerrini, „wachte ich bei ihm,
indem ich, an seinem Schreibtische sitzend, seine Papiere
besichtigte, arme Blätter, die von einem absterbenden Baume
gefallen waren, ehe derselbe Früchte tragen konnte. Was
ging in meinem Herzen vor, armer Freund, als ich an
deinem Sterbelager deine Liebeslieder las! Der Tag brach
an, und der Tod nahte mit großen Schritten. Der Pfarrer
nahm sich die Mühe, heraufzukommen, um sein Amt zu ver=
richten. Ich sprach mit dem Hinscheidenden darüber, er
antwortete: nein. Gegen Mittag war seine ersterbende
und matte Stimme nur noch ein Hauch, so daß ich, um
seine spärlichen Worte zu vernehmen, mich über ihn neigen
mußte, das Ohr beinahe an seine Lippen legend. Er ließ
das Fenster öffnen, um die Sonne zu sehen, die letzte Sehn=
sucht der Sterbenden: aber die Sonne war nicht sichtbar.
Es war zwei Uhr Nachmittags, als er mich an der Hand
faßte. Allmählich verließen ihn die Kräfte. Ich vernahm
noch das Wort Ende, dann nichts weiter. Er liegt auf dem
Friedhofe seines Heimathsortes begraben, unter der fünften
Cypresse zur Linken des Einganges. Der Leichenstein ent=
hält als Inschrift nur Namen und Daten. Sein gesammtes
Vermögen hinterließ er zu wohlthätigen Zwecken."

8*

Das traurige Loos des Dichters erregte das Mitleid
aller zartfühlenden Seelen, während andererseits die Gegner
des von Lorenzo Stecchetti verherrlichten Realismus sich
zunächst mit ihren abfälligen Urtheilen weniger entschieden
hervorwagten, als sie es einem noch am Leben befindlichen
„Mitstrebenden" gegenüber gethan hätten. Der volle Sturm
sittlicher Entrüstung wurde erst entfesselt, als festgestellt war,
daß Lorenzo Stecchetti keineswegs alle die ihm von seinem
angeblichen Vetter angedichteten Lebensschicksale erfahren
hätte, daß er vielmehr als glücklicher Familienvater, von
Gesundheit strotzend, zu Bologna lebte und in seinen Poesien
nur seinem künstlerischen Glaubensbekenntnisse hätte Ausdruck geben wollen. Von allen Seiten drangen jetzt die
Gegner auf den Herausgeber der „Postuma" ein, und die
Angriffe gestalteten sich um so heftiger, als Olindo Guerrini,
der seinem Vetter einen so rührenden Nachruf gewidmet
hatte, in Wirklichkeit mit Lorenzo Stecchetti identisch war.
Dieser selbst veröffentlichte im Jahre 1878 unter dem Titel:
„Polemica" und „Nova Polemica" zwei weitere Schriften,
in denen er sich mit seinen Widersachern auseinandersetzte
und sein Credo in vollem Umfange aufrecht erhielt.

Alle Vorzüge und Mängel, welche den Poesien Stecchetti's — unter diesem Pseudonym sind auch seine späteren
Gedichte veröffentlicht worden — eigenthümlich sind, treten
bereits in den „Postuma" deutlich in die Erscheinung. Vor
allem zeigt sich der nachhaltige Einfluß, den Heinrich Heine
auf den italienischen Dichter ausgeübt hat. Wenn auch
Giosuè Carducci und der vortreffliche Uebersetzer der Lieder
Heinrich Heine's, Bernardino Zendrini, die Eigenart des
deutschen Dichters annähernd zu erfassen und ihren Lands

leuten verständlich zu machen wußten, so darf Lorenzo
Stecchetti in dieser Hinsicht doch die Palme beanspruchen.
Die zwischen ihm und seinem Vorbilde obwaltende Conge=
nialität springt so offenkundig in die Augen, daß man ihn
mit Fug den italienischen Heine nennen könnte. Auch er
weiß sich der Ironie und Satire meisterhaft zu bedienen
und schreckt selbst vor dem Cynismus nicht zurück, wenn es
gilt, dem Gegner — häufig ist es die treulose Geliebte —
ein blutiges Epigramm anzuheften. Nicht minder erweist
Stecchetti dann seine Verwandtschaft mit dem „deutschen
Dichter, wenn er jäh alle unsere Illusionen zerstört, nachdem
er soeben in unserer Brust die Saiten der Wehmuth oder
eines verwandten Gefühls hat anklingen lassen.

Nerina, Carolina, Emma und viele ungenannte Frauen=
gestalten sind die oftmals recht problematischen „Heldinnen",
in deren Armen er Trost für eine von ihm erfahrene Treu=
losigkeit oder Unbild in der Liebe sucht. Als seine Welt=
und Lebensanschauung bezeichnet er in dem Sonette „Ebbro"
diejenige Epikurs. Man würde jedoch bei der Annahme
irren, daß Lorenzo Stecchetti ebenso, wie der berühmteste
unter den gegenwärtigen realistischen Dichtern Italiens,
Giosuè Carducci, in der Wiederbelebung des genußfrohen
Hellenismus das künstlerische Ideal erblickt. Vielmehr unter=
scheidet er sich gerade in diesem Punkte von dem Verfasser
des „Inno a Satana", dessen Poesien eine Fülle klassischer
Reminiscenzen aufweisen. Stecchetti's Realismus wurzelt
ausschließlich in dem modernen Leben, obgleich der Dichter
bereitwillig in Carducci den Meister anerkennt.

Während die Poesien beider Dichter denselben unver=
söhnlichen Haß gegen den „Romanticismus" athmen und

auch im Uebrigen eine Reihe von Berührungspunkten aufweisen, springt doch andererseits der soeben hervorgehobene
Unterschied deutlich in die Augen. Giosuè Carducci zieht
es vor, die Dinge sub specie aeterni zu betrachten, und
er neigt zu der historischen Auffassungsweise; Lorenzo
Stecchetti erweist sich dagegen stets dem momentanen Eindrucke zugänglich, und seine Poesien sind deshalb häufig nur
der Wirklichkeit abgelauschte Augenblicksbilder. Da die
beiden Dichter von der italienischen Kritik oftmals in Parallele gestellt werden, empfiehlt es sich, meine Ansicht näher
zu begründen. In einer der „Odi Barbare" schildert Carducci eine Lustfahrt, die er mit seiner Geliebten, Lydia, „auf
der Adda", unweit der Brücke von Lodi unternimmt. Statt
sich nun aber ganz dem Genusse des Augenblickes hinzu-
geben, ruft der Dichter alle Erinnerungen wach, die sich an
die Umgebung knüpfen. Er gedenkt der römischen Adler,
die hier den Legionen zur blutigen Feldschlacht voran-
getragen wurden; er gedenkt weiter der Kämpfe Friedrich
Barbarossa's und Napoleon's, um dann in melancholischen
Versen seine Weltanschauung im Hinblick auf die Vergäng-
lichkeit aller menschlichen Einrichtungen gegenüber der Natur
zusammenzufassen. Stecchetti ist allen diesen Grübeleien
abhold; in Gegenwart der Geliebten will er sich selbst
durch den Untergang der Welt nicht stören lassen.

Auch in den Naturschilderungen äußert sich der Unterschied der beiden Dichter. Man braucht in dieser Hinsicht
nur den „Prologo" der „Nuove Poesie" und das „Idillio
maremmano" Carducci's mit dem „Noja" betitelten Gedichte der „Postuma" zu vergleichen. Hier wie dort werden
die Maremmen Toskana's geschildert. Während aber Car-

ducci die einsamen Städteruinen und die zertrümmerten
Ritterburgen seiner Heimath poetisch verklärt und der längst-
verstorbenen Jugendgeliebten in Wehmuth gedenkt, giebt
Stecchetti dem Ueberdrusse, welchen der Aufenthalt in der
unwirthlichen Küstengegend in seiner Seele erzeugt, den
bittersten Ausdruck. Für die historische Vergangenheit dieses
Landstriches bekundet er keinerlei Verständniß; dagegen wird
sein Widerwille gleichmäßig durch die schlechte Luft, die
Sümpfe, „die häßlichen und plumpen Frauen", sowie endlich
durch „das unwissende, gelbfarbige und unhöfliche Volk"
erregt. Die Freude an der Natur äußert sich in den Poesien
Stecchetti's nur selten, und sie muß trotz allen trüben Erfahrungen, die er in der Liebe gemacht hat, regelmäßig
hinter dem Wohlgefallen an Frauenschönheit zurückstehen.

Der Dichter hat dies auch in einer seiner Poesien, den
„Memorie Bolognesi", welche in der reizvollsten Umgebung,
zu Falconara am adriatischen Meere, enstanden sind, offen
bekannt. Die „Erinnerungen an Bologna" sind zugleich
eine Verherrlichung des Lebens in der Stadt und eine Satire auf die vielgepriesene ländliche Sittlichkeit. „Möge wer
will," ruft er aus, „die Natur, die Schafe, die Hirten, diese
glühende Sonne und das schnupfenerzeugende Gehölz
besingen; mögen immerhin die arkadischen Poeten dem
unendlichen Meere, dem blauen Himmel, sowie den Fliegen,
welche in meinen Wein gefallen sind und daselbst Schiffbruch leidend ertrinken, Canzonen klimpern! Ich, der ich
für die Freuden der menschlichen Gesellschaft, für die Kämpfe
des Daseins geboren bin, beneide den kräftigen Landmann
nicht um seine Schultern und um seine Unschuld. Wohl
aber beneide ich euch, die ihr durch die heißen Straßen der

Stadt zur Arbeit geht, euch, die ihr mich beneidet, euch, die
ihr glücklich seid und es nicht glaubt!" Der Dichter zeigt
dann durch ein drastisches Beispiel, daß die vielgepriesene,
ländliche Unschuld in Wirklichkeit nur ein Vorurtheil sei.

Stecchetti hat allerdings für die Schwächen der Städter
gleichfalls einen scharfen Blick, so daß in dem Gemälde,
welches er von dem Treiben seiner Bologneser Mitbürger
und Mitbürgerinnen entrollt, die satirischen Züge keineswegs fehlen. Wenn er unter anderem in den „Memorie
Bolognesi" einen Concertabend auf der Piazza della Pace
schildert, so begegnen wir daselbst auch „den jungen Mädchen,
welche im Hellen wandeln, um ihre Kleider zu zeigen und
mit den Blicken den seltenen Fisch zu fangen, welcher Ehemann heißt". Völlig verfehlt wäre es jedoch, wollte man
dem Dichter, weil er der Satire und Ironie den freiesten
Spielraum läßt, wahre, innige Empfindung absprechen.
Vielmehr enthalten die „Postuma" auch die edelsten Perlen,
welche aus der Tiefe des Gemüthes zu Tage gefördert
worden sind.

Wahre, echte Empfindung gelangt auch in denjenigen
Dichtungen Stecchetti's zum Ausdruck, in denen er den
Reichen die Noth der Armen und „Enterbten" zu Gemüthe
führt. Wenn er aber aus seinen socialistischen Anwandelungen kein Hehl macht, so ist er doch weit davon entfernt,
den Umsturz der Gesellschaft zu verlangen; vielmehr will
er nur auf friedlichem Wege einen Ausgleich angebahnt
wissen. In einem „Memento" betitelten Sonett, das er
während des Carnevals im Jahre 1869 gedichtet hat, wendet
er sich insbesondere an die mildherzigen Frauen. Er fordert
dieselben auf, bei den rauschenden Festlichkeiten des Elends

nicht zu vergessen, das draußen jammert, sowie zu bedenken, daß eine einzige Perle aus ihrem reichen Haarschmucke einen Bedürftigen aus Todesnoth erretten kann.

In diesen ergreifenden Versen zeigt der Dichter zugleich, daß er das Frauenherz nicht blos im Liebesrausche, sondern auch in seinen edelsten Regungen kennen gelernt hat. Freilich erweist sich Stecchetti in zahlreichen anderen Poesien, z. B. in denjenigen, welche die Ueberschrift: „Ira" und „Il canto dell' odio" tragen, als heftiger Weiberfeind, was jedoch nicht verhindert, daß er dann in dem Gedichte: „Resurrexit" einen neuen Liebesfrühling feiert. Man wird deshalb seine zahlreichen Liebesabenteuer ebenso wenig ernst nehmen müssen, wie die von Weltschmerz erfüllten Strophen, in denen er seinen nahen Tod ankündigt. Als formvollendete Stimmungsbilder erscheinen diese Dichtungen nicht minder werthvoll, zumal da sie uns Einblicke in das Seelenleben Stecchetti's gewähren, dessen skeptische Lebensanschauung sich auch darin äußert, daß er zuweilen sogar an seinem Dichterberufe zweifelt. So schildert er in einem der schönsten Sonette der „Postuma", wie er sich oftmals von der Muse Feuerhauch berührt glaubt und auf seinen Genius vertraut, um dann mit bitterer Selbstironie zu schließen.

In den „Nova Polemica" bekundet Stecchetti nicht minder, als in den „Postuma" seine Geistesverwandtschaft mit Heinrich Heine. Wie dieser es versteht, die tiefsten Gefühle zu erregen, um sie dann mittelst einer ironischen Schlußwendung wieder zu zerstören, gebraucht Stecchetti dieselbe Waffe, wenn er z. B. jene Poeten verspotten will, die noch immer einen schablonenhaften Idealismus als das letzte Ziel aller Dichtkunst preisen. Die „Nova Polemica" enthalten ein Sonett, welchem die Eigenart Steechetti's am entschiedensten aufgeprägt ist. Da dieses Sonett den rea= listischen Poesien gewissermaßen als Prolog dienen kann, möge dasselbe in der Uebersetzung hier einen Platz finden. Diese lautet:

„Verliebte, blendend weiße Turteltauben,
   Ihr, meines Mädchens Sorg' und Augenweide,
   Girrt „ew'ger" Liebe Lobgesang, euch beide
Kann stete Haft des Glückes nicht berauben.

Verliebte, blendend weiße Turteltauben,
   Wie bleibt ihr fern der Eifersucht, dem Neide,
   Dem Ueberdruß und jedem Herzeleide,
Bewahrt dem alten Neste Treu' und Glauben!

Symbole ernster und gesetzter Liebe,
   Embleme stiller Neigung ohne Thaten,
   Geregelter Umarmung, heil'ger Triebe,

Sagt jenen Kritikastern, die stets baten,
   Daß Raum für euch in meiner Dichtung bliebe,
   Wie sehr ihr mir gefallt; doch — gut gebraten!"

Zahllos sind die Epigramme, welche Steechetti seinen Gegnern anheftet. Selbstironie und Satire spielen sowohl in den „Nova Polemica", als auch in den „nachgelassenen" Dichtungen, durch welche er zuerst bekannt geworden ist, eine bedeutsame Rolle. Die „Nova Polemica" zerfallen im Wesentlichen in zwei Theile, von denen der erste, in Prosa verfaßt, eine scharf pointirte Streitschrift gegen die

Widersacher Stecchetti's enthält, während der zweite eine
beträchtliche Anzahl neuer Poesien aufweist. Für die
humoristisch = satirische Eigenart des Dichters bezeichnend ist
die Widmung der „Nova Polemica" an den Bologneser
Bierwirth, Otto Hoffmeister, dessen bereits in den „Memorie
Bolognesi" der „Postuma" mit Anerkennung gedacht wird.
„Erwarte jedoch nicht," heißt es in dieser Widmung, „das
Buch loben zu hören. Leider, mein lieber Otto, muß ich
gewissen Kritikern alte Rechnungen bezahlen, und das Buch,
welches ich dir zueigne, war und wird auch in Zukunft der
Sündenbock sein. Viele hielten mich für todt und trugen
meinen Leichnam auf das Kapitol, um ihn mit allen Ehren
zu bestatten. Da sie aber seither gemerkt haben, daß ich
mich nur todt stellte, und mich von der Bahre aufspringen
sehen, werden sie unzweifelhaft wieder den Versuch machen,
mich vom tarpejischen Felsen hinabzustürzen."

Unter den Vorwürfen, welche gegen die durch Carducci
und Stecchetti repräsentirte „neue Schule" zumeist erhoben
werden, figurirt an erster Stelle derjenige der Gottlosigkeit
und unkatholischen Gesinnung. Carducci's berühmter Hym=
nus „A Satana" hat allerdings in der italienischen Poesie
den Satan gewissermaßen in Mode gebracht; nur übersehen
die Kritiker jenseits der Alpen die Ironie des Dichters,
welcher in einem pantheistisch=naturwissenschaftlichen Rahmen
die Entwicklungsgeschichte der Menschheit darzustellen unter=
nahm und den Vertreter des „bösen Princips" nur deshalb
zum „Helden" wählte, weil dieser gerade von den Gegnern
als das Symbol aller modernen Errungenschaften bezeichnet
zu werden pflegt.

In Deutschland braucht man sich nur an Schiller's Ge=

dicht: „Die Götter Griechenlands" zu erinnern, um Car=
ducci's Hymnus würdigen zu können. Letzterer ist nun auch
für Stecchetti mehrfach vorbildlich gewesen, wie die in den
„Nova Polemica" enthaltene Dichtung: „Dies irae"
beweist, und es kann keinem Zweifel unterliegen, daß durch
die sieben Gesänge des „Dies irae" der Groll und die Er=
bitterung der Widersacher neue Nahrung gewonnen haben.

Wer ohne jedes Verständniß für Ironie und Satire
den Inhalt der Verse wörtlich nimmt, ist freilich berechtigt,
dem Dichter den Vorwurf atheistischer Gesinnung zu machen.
Stecchetti beruft sich in der Vorrede aber mit Recht darauf,
daß von seiner Auffassung gewisser Gebräuche bis zur Gott=
losigkeit ein weiter Weg sei. So dürfen denn auch jene in
Italien oft citirten Verse nur cum grano salis verstanden
werden, in denen den eifernden „Moralisten" zugerufen wird:

„Vereint mit den Engeln im Paradies,
Stimmt an Triumphgesänge;
Doch Satans buntphantast'scher Pomp
Ist schöner, als euer Gepränge!"

In seiner poetischen Schilderung des jüngsten Gerichts
knüpft Stecchetti an die Idee der körperlichen Auferstehung
an; er erwacht vom Todesschlafe und vermißt seinen Schädel.
Sogleich entsteht in ihm die Vermuthung, daß irgend ein
„kopfloser" Kritiker sich des fremden Eigenthums bemächtigt
haben könnte. Andererseits verhehlt er sich nicht die Vor=
theile seines neuen Zustandes, da er, des Gesichtes beraubt,
nicht mehr in der Lage ist, die „bleichsüchtigen Moral
predigten" und die keuschen Poesien seiner Gegner zu lesen.
Mit groteskem Humor — wir werden unwillkürlich an die
Todtentänze der deutschen Malerei erinnert — berichtet

dann der Dichter, wie es ihm endlich gelingt, sein Skelett zu
vervollständigen und seinen Richterspruch entgegenzunehmen.
Der Zufall fügt es, daß er sogleich mit einer der Frauen=
gestalten zusammengeführt wird, die ihm im Leben nahe=
gestanden haben und von ihm in manchem Liebesgedichte
besungen worden sind.

Ein echter „fanfaron de vice", liebt es Stecchetti,
seine angeblichen Liebesabenteuer zu besingen, geschähe es
auch nur, um die philiströsen Gegner noch mehr in Harnisch
zu jagen. So läßt er sich denn auch zugleich mit der
„blonden Emma" in die Hölle verdammen, die ihm aller=
dings, im Vergleiche mit dem Paradiese der Nonnen und
Mönche, als der bei weitem minder langweilige Zufluchts=
ort erscheint. Die Ironie des Dichters springt in die Augen;
in Wirklichkeit beurtheilt er den moralischen Werth Jener,
die den Himmel in Erbpacht genommen zu haben wähnen,
ganz anders. Er zieht nur eben vor, sich auf den Stand=
punkt seiner Gegner zu stellen, um von diesem aus seine
Pfeile desto sicherer versenden zu können.

Die Selbstironie, welche der Dichtung: „Dies irae" auf=
geprägt ist, findet sich auch in den „Palinodia" betitelten
Versen. Stecchetti schloß seine in den „Postuma" enthaltene
Satire: „Dopo il ballo", „Nach dem Tanze", mit den Worten:
„Wir sind Feiglinge." Dieses Epigramm, das an Carducci's
Zornesruf: „La nostra patria è vile!" in der Dichtung:
„Auf den Tod Giovanni Cairoli's" erinnert, veranlaßte eine
heftige Entgegnung von Seiten Felice Cavallotti's. Dieser
beschuldigte den realistischen Dichter, sich „im Schweinestall
auszustrecken" und, vom Genusse übersättigt, auszurufen:
„Wir sind Feiglinge!" während es sich doch empfehlen

würde, anstatt in der Mehrzahl, in der Einzahl zu sprechen.
In der Satire: „Widerruf" gesteht nun Stecchetti seinen
Irrthum zu. Er bekennt, daß das von ihm gelästerte Jahr=
hundert dasjenige der Gracchen sei. „In Italien," spottet
er, „werden wir als Catos' und Cincinnatus' geboren. Als
Räuber? Aber solche giebt es gar nicht; und die armen
Advokaten machen sich blos ihre Gesetze im Parlamente,
um nicht im Elend zu sterben." So gelangt der Dichter,
nachdem er in ironischer Form, die in Wirklichkeit zum
beißenden Sarkasmus wird, die Tugenden seiner Lands=
leute gerühmt hat, zu der Ueberzeugung, daß dieselben das
von Plato geträumte Ideal darstellen, und faßt seinen
„Widerruf" in den Schlußworten zusammen: „Um aber, o
ihr Sittenreinen, eure Gunst wiederzuerlangen, will ich nur
noch in der Einzahl sprechen und den neuen Satz an die
Wände schreiben, daß es nur einen einzigen Sittenlosen
giebt, und ich selbst dieser bin."

✦

Lorenzo Stecchetti ist oben als ein „fanfaron de vice",
als ein Dichter bezeichnet worden, der mit einer ihm gar
nicht eigenen Lasterhaftigkeit prahlt. Diese Bezeichnung
erscheint in der That zutreffend, wenn man seine von Luigi
Lodi veröffentlichte Biographie (Bologna, 1881, Zanichelli)
liest. Der Verfasser der „Postuma" und der „Nova Polemica" wird daselbst als ein mit häuslichen Tugenden reich
gesegneter Gelehrter und Poet geschildert. Ein Besucher,
der ihn nur aus seinen Poesien kannte, überraschte ihn vor
einiger Zeit in der Nähe von Bologna, als er sich gerade,

mit seinen Kindern in ein Knäuel gewunden, den Rasen=
abhang eines Hügels hinabrollen ließ. An diese Familien=
idylle erinnert auch das eine und das andere Gedicht der
„Nova Polemica". Es sei mir gestattet, eines dieser Ge=
dichte, welches nach meinem Gefühle zugleich auf eine auf=
richtige, tiefe Empfindung schließen läßt, in der Uebersetzung
mitzutheilen. Das Sonett lautet:

„Am blauen Himmel weiße Wolken jagen,
    Wie woll'ne Flocken jäh vom Wind getrieben;
    Mein Kind sieht sinnend zu, wie sie zerstieben,
    Mir aber will das Herz vor Weh verzagen.

Was zwingt mich nur, die Augen aufzuschlagen
    Zum Aetherblau? Erfüllt von Sehnsuchtstrieben,
    Die ungestillt mir noch im Herzen blieben,
    Möcht' ich die Sphinx nach uns'rer Zukunft fragen.

Doch, liebes Kind, die Welteuräthselfragen
    Ergründen, ist den Wolken nicht gegeben,
    Und ob ein Gott ist, können sie nicht sagen.

Wie bald, meine Junge, scheid' ich aus dem Leben,
    Dein Haupt, jetzt blond, wird Silberlocken tragen;
    Den Schatz der Wahrheit werden wir nicht heben."

Die problematischen Frauengestalten, welchen Stecchetti
seine leidenschaftlichsten Sonette widmet, sind gleichfalls nur
Phantasiegebilde, dazu bestimmt, die sittliche Entrüstung des
Philisters hervorzurufen. In Wirklichkeit ist der Dichter
eben von all' den Lastern frei, mit denen behaftet er in
seinen Poesien geflissentlich erscheint. In den Prosa=Auf=
sätzen, die er früher unter dem Pseudonym Mercutio in
dem Bologneser Blatte „Patria" jeden Sonnabend zu ver=

öffentlichen pflegte, zeigt er sich hier und da in seiner wirklichen Gestalt.

In einem „Sabato di Mercutio" schildert er z. B., wie in seinem Heim zu Bologna Feuer ausbricht, und er, sowie seine Frau, seine Mutter und seine Schwester aus dringender Lebensgefahr errettet werden. Selbst in dieser ergreifenden Schilderung verzichtet Stecchetti nicht auf die ihm eigenthümliche Selbstironie, indem er spöttisch daran anknüpft, daß er sich bei dem Brande in der That als der „brillante Mercutio" erwiesen habe, als welcher er von wohlwollenden Beurtheilern bezeichnet werde. Er erzählt, wie er mitten in der Nacht vom Schlafe erwacht und sich, sowie seine nächsten Angehörigen vom Flammentode bedroht sieht. „Die Scene," heißt es in dem Berichte, „war sicherlich für denjenigen, der sie von der Straße aus wahrnahm, schrecklich; was mußte sie aber für mich sein, der ich sie von meinem Fenster aus ansah, mit drei verzweifelten Frauen in den Armen und mit dem vollen und schmerzlichen Bewußtsein meines Unglückes? Ja, mein Haus brannte! Wir flüchteten und befanden uns noch nicht auf der Straße, als die Decken unserer Zimmer zusammenstürzten. Meine Mutter, meine Schwester, meine Frau und ich sind heute durch ein Wunder noch am Leben. Ja, in der That! Ich war in jener Nacht wirklich der „glänzende Mercutio", als ich fast nackt an der Feuerspritze arbeitete! Und meine theuersten Gegenstände, jenes Geräth, das uns durch trauliche Erinnerungen werth ist, jene Möbel, die man liebt, weil sie gewissermaßen einen Theil der Familie bilden, alles wurde aus dem Fenster herabgeworfen, alles zerbrach auf dem Pflaster in Stücke, unter meinen Augen. Fahr' wohl,

süßes Nest meiner Familie und meiner Liebe; mir bleibt
nichts mehr von dir übrig, als die Erinnerung! Und ich
hatte dich so lieb!"

Man braucht nur diesen rührenden Abschied zu lesen,
um zu begreifen, daß Stecchetti keineswegs der herzlose
Cyniker ist, der er nach den Darstellungen seiner Gegner
sein soll. Vielmehr besitzt er ein im Grunde zart empfinden=
des Gemüth, dem allerdings nicht blos duftige Blüthen der
Poesie entsprießen. Wurzeln doch auch Satire und Sarkas=
mus in einem edlen Herzen, wenn sie sich gegen die Heuchelei
richten, die von dem Verfasser der „Postuma" und der
„Nova Polemica" mit vernichtendem Hohne gebrandmarkt
worden ist. Daß der Dichter aber nicht nur dann „senti=
mental" wird, wenn es sich um die nächsten Interessen
handelt, ergiebt sich aus der von echter Herzensgüte zeugen=
den Art, wie er in der erwähnten Schilderung allen treuen
Helfern in der Noth seinen Dank abstattet und die An=
schuldigung zurückweist, daß die mit der Hülfeleistung betrauten
Personen nicht in vollem Maße ihre Pflicht erfüllt hätten.

Die in dem Bologneser Blatte „Patria" veröffentlichten
Aufsätze Stecchetti's verdienen auch aus einem anderen
Grunde Beachtung. Wie sie uns zuweilen einen werthvollen
Einblick in das Gemüthsleben des Dichters gewähren, ent=
halten sie oftmals den Keim der Poesien selbst, so daß in
diesen sogar dieselben Ausdrücke wiederkehren. Dies gilt
unter Anderem von dem stimmungsvollen Sonette:

„Questa notte in battello, in alto mare."

Stecchetti schildert eine Nachtfahrt, die er mit seiner
Geliebten im Nachen auf offener See unternimmt. Liebes=
trunken vergessen die Beiden die Welt und wechseln mit

einander süße Worte, bis die Gefährtin des Dichters, plötz=
lich von trüben Gedanken erfaßt, ihr blondes Haupt von
dessen Schulter erhebt und, starr in die nächtliche Finsterniß
blickend, ihm zuflüstert: „Schweige, dort unten liegt Lissa!"
Bei einem ähnlichen Gedankengange schließt der Dichter
seine in dem Journal „Patria" veröffentlichte Skizze aus
einem Seebade am adriatischen Meere melancholisch mit den
Worten: „Laggiù in fondo c'è Lissa." Hier, wie in jener
Poesie, erweist sich die Erinnerung an die von den Italienern
gegen die tapfere österreichische Flotte verlorene große See=
schlacht vom 20. Juli 1866 gleichmäßig wirksam.

Stecchetti schreckte auch nicht davor zurück, wegen dieser
für Italien wenig ruhmvollen Reminiscenz von seinen
Gegnern des Mangels an patriotischer Gesinnung gezogen
zu werden. Mußte er doch ohnehin diesen Vorwurf über
sich ergehen lassen, weil er ebenso, wie die übrigen Ver=
treter der „neuen Schule" in seinen Poesien des Vater=
landes nur selten gedenkt. In der Vorrede der „Nova
Polemica" hat sich der Verfasser eingehend über diese An=
schuldigung geäußert. Er erinnert an Michel Angelo's
berühmte Verse, welche der unsterbliche Künstler seinem
„die Nacht" darstellenden Meisterwerke in der Mediceer=
kapelle von San Lorenzo in den Mund legt:

„Grato m'è 'l sonno e più l'esser di sasso."

Diesen Vers Michel Angelo's anführend, ruft Stecchetti
seinen Widersachern zu: „Macht uns keine Vorwürfe, wenn
wir gerade aus Liebe zu der Heimath Juvenal mit sieben
Siegeln verschlossen haben. Und wer sagt euch, daß nicht
auch wir, während wir den Wein schlürfen, wie Cassius
die Iden des März erwarten? Wer sagt euch, daß nicht

in der Myrthe, welche der Venus heilig, die Waffe des
Harmodius verborgen ist? Man braucht kein Cato zu sein,
um das Vaterland zu lieben, und man kann es besingen,
ohne ein Cato zu sein."

Freilich darf auch der Hinweis Stecchetti's auf die
Verschwörung zur Ermordung der Tyrannen von Athen
nicht allzu ernsthaft genommen werden. Der Dichter der
„Nova Polemica" wird, ebenso wie Carducci in Italien,
den Republikanern zugezählt. Wie harmlos aber in Wirk=
lichkeit diese Republikaner sind, ergiebt sich unter Anderem
daraus, daß Giosuè Carducci in seinen „Nuove Odi Barbare" (Bologna, 1882, Zanichelli) eine seiner schönsten
Poesien der Königin von Italien, Margherita, widmet, welche
er mit dem „silbern flimmernden Venussterne" vergleicht
und als das Ideal weiblicher Anmuth und Güte preist.

Mit ungekünstelter Herzensbescheidenheit blickt Stecchetti
zum Dichter des Hymnus: „A Satana", als zu seinem Vor=
bilde empor. In einer an Carducci gerichteten Poesie
fordert er diesen auf, von Neuem die Führung im Kampfe
zu übernehmen. Bezeichnend ist, daß Stecchetti in dieser
Dichtung den „Meister" unter dem Pseudonym apostrophirt,
unter welchem der „Hymnus an Satan" zuerst veröffent=
licht worden ist. „Du schläfst, Enotrio," ruft er jenem zu,
„während der Schlachtruf laut zum Himmel emporsteigt,
und die Fahne, deine im Winde flatternde Fahne, im Kampf=
getümmel steht. Um und für dieselbe fechten wir, junge
Krieger, als eine geschlossene Kohorte. Du, Enotrio, unser
Führer und unsere Stärke, schläfst inzwischen." Stecchetti
zählt dann alle die Widersacher auf, welche offen oder heim=
lich die neue Schule befehden. Vor allem gilt es, gegen

9*

den Feind, dessen Banner die goldenen Schlüssel aufweist, und der in seinen rührseligen Hymnen den Papst Leo anruft, die Janiben von ehemals zu schleudern. Nach errungenem Siege will Stecchetti auf dem Schlachtfelde die Trophäen aufgestellt und die Stirn Carducci's mit dem Lorbeerkranze geschmückt sehen.

Die neidlose Selbstverleugnung, mit welcher sich Stecchetti dem älteren Dichter unterordnet, verdient aber um so größere Anerkennung, als die Poesien des ersteren eine Reihe von Vorzügen aufweisen, die in Carducci's Dichtungen vergebens gesucht werden. Die „Postuma“ sowohl, als auch die „Nova Polemica“ zeichnen sich durch ihre krystall-helle Sprache, ihre klangvollen Verse aus, während der Führer der realistischen Schule in Italien nicht selten Klar-heit und Einfachheit des Ausdruckes vermissen läßt. Freilich ist Carducci dafür bemüht, bis zum Grunde der Dinge vor-zudringen und nicht blos, wie es Stecchetti zuweilen thut, deren Oberfläche zu streifen. So können denn die Beiden mit Fug als die berufenen Vertreter der realistischen italie-nischen Lyrik bezeichnet werden, der in der Weltlitteratur ein hervorragender Platz nicht versagt werden kann.

Berichtigungen:

Seite 8, Zeile 6 von unten lies Florenz statt Flore.
„ 27, „ 2 „ „ „ tentro, „ treotn.
„ 27, „ 6 „ oben „ Frucht, „ Furcht.
„ 77, „ 8 „ unten „ betitelten, „ betilten.

.

J. C. C. Bruns' Verlag, Minden (W).

Homa.

Lyrische Dichtungen aus dem klassischen Alterthum.

In neuen metrischen Uebersetzungen
von
Karl Bruch.

Elegant broschirt M. 4. Hochelegant gebunden mit Goldschnitt M. 6.

Einsame Lieder

von

Graf Emerich von Stadion.

Hocheleg. geb. mit Goldschnitt M. 2,40.

Lord Byron.

Eine Autobiographie nach Tagebüchern und Briefen.

Mit Einleitung und Erläuterungen
von Dr. Eduard Engel.
Ergänzungsband zu Byron's Werken.
Dritte Auflage.

Eleg. broschirt M. 4. Hocheleg. geb. mit Goldschnitt M. 5,50.

Elisabeth.

Novelle.

Nach dem Französischen von Sophie Cottin.
Zweite Auflage.

Eleg. broschirt M. 1,40. Hocheleg. gebunden m. Goldschnitt M. 2